JN151582

ラブパニックは隣から

Shu & Teruto

有涼汐

Seki Uryo

エタニティ文庫

目次

ラブパニックは隣から

第一章　出梅《しゅつばい》

恋愛は苦手。

仕事のように必死に頑張ったとしても、わかりやすく目に見える成果が出ない。心の問題なのだから、当たり前だ。

だから恋愛を遠ざけて、仕事を必死にこなしてきた戸松舟《とまつしゅう》は、二十八歳になった今、恋人がいなかった。

その事実を改めて思い出し、誰もいないエレベーターでため息をつく。肩のラインで切り揃えたこげ茶色の髪を指でくるくると巻いた。

今日の朝礼で、二つ年下の後輩が寿《ことぶき》退社することになったと発表された。彼女の相手は、舟がお世話になった上司だ。年の差は十歳近いはず。

昨今では年の差婚も多いのでさほど驚くことではないが、堅物で仕事の鬼と称されていた上司が結婚するという衝撃は、なかなかのものだった。

彼は自分と同類だと感じていただけに、勝手に取り残された気分になる。

〝まだ大丈夫〟と思っていたが、まったくそんなことはないのだ。

そのことに今さら気づいて、青ざめている。

このままだと婚期を逃《のが》す。

それは親族や友人、近所のおばさまなど、様々な人から言われ続けた言葉だ。

もう二十八歳、あと二年もすれば舟は三十歳となる。時間がない。

誰かいい人と知り合って、付き合って、結婚する。

そこに辿りつくには最低三年は必要だろう。

何せ今現在、候補者にすら出会っていない。

相手のことを何も知らないところから始めなければいけないのだ。この人でいいのか見極めるのに時間がかかる。

幸せな結婚をしたいなら、いい加減、何か行動しなければならない。

カツンッとパンプスを鳴らしながら、舟はエレベーターを降りた。そのまま会社の廊下を真っ直ぐ歩く。

時計を見ると、時刻は午後の三時過ぎだった。

仕事中にこんなことを考えてどうすると思いつつも、舟の脳内で複数の自分が会議を始める。

『このまま行くと、未来は孤独死であると思われます』

『それを回避するためには、仕事にかまけて怠《おこた》っている美容院やネイルにきちんと通うべきではないでしょうか？』

『いや、この場合必要なのは、友人に頼んでの合コンだ。もしくは婚活パーティーに限る』

『待って！　友人に頼むのも、婚活するのも、ワタシにはハードルが高すぎない？』

あーでもない、こーでもない、とうるさい脳内の自分たちを消すように、舟はぱたぱたと頭の上を手で払った。

脳内の自分が心配していたのは、舟のプライドだ。

自分から合コンを頼み婚活をするなど、男が欲しいと周囲に宣言しているように思える。

別段、そう思われても気にすることではないのだけれど、舟にはそれが見ぐるしいと感じてしまう。

自分でもどうしてこんなに面倒くさい性格なのかと問いただしたいぐらいだが、気になるものは気になる。

そんなこともあるせいか、最近肝心の仕事にもあまり身が入らなくなっていた。

疲れているのかな。そうじゃなければ、上司の結婚を羨《うらや》ましがって、脳内会議に発展するわけがない。

今日は帰りにスーパーで好きな銘柄のお酒を買って、好みのおつまみとデザートと共に映画鑑賞でもしよう。

そうすれば多少なりと気持ちが収まるし、楽になる。

そうしている内に、舟は自分の部署の前まで移動していた。

「おーい、戸松」

不意に後ろから声が聞こえる。

その声の主は、舟にとっては会いたくはない人物だ。

聞こえなかったふりをしようかとも思ったが、すでに立ち止まってしまった。

舟は諦めて振り返る。

「何？　西平《にしひら》」

「そんな嫌そうな顔すんなよー」

「嫌そうな顔だってわかるなら、声かけなきゃいいじゃないの」

舟に声をかけてきたのは、同期の西平瑛人《てると》だった。彼は舟と同じ二十八歳で、舟とは真逆のタイプの人間だ。

社内規則ギリギリの明るい髪色に、癖毛なのかわざわざそうセットしているのか、遊びのある髪型をしている。さすがにピアスはしていないが、耳に空いた穴は塞《ふさ》がりきっていない。

西平を見た人間は誰しも〝チャラい〟という印象を持つだろう。見た目だけでなく、言動もどこか軽い。

ただ見た目通り仕事も適当なのかというと、それは違う。

彼は営業部で常にトップクラスの成績を保持し同期の中では出世頭。次の人事異動で昇進するのではないかと噂されていた。

自分の言動には常に注意しているし、周りのこともよく見ている。

舟から見た西平は〝世渡り上手〟だ。

それが気に入らない。

「……それで？」

「これ。お前のだろ？」

西平がぺらりと一枚の紙を差し出してくる。

舟は首を小さくかしげて、その紙を見た。瞬間、西平からそれをパッと奪い取る。

「な、なんでこれ！」

「いや、落ちてたんだよ。俺は結構好きだなー、それ」

「何それ……嫌味？」

小さな声で呟《つぶや》き、舟は唇をへの字にしながら紙を握り潰した。

西平が拾ってくれたのは、舟が先日提出してボツをくらった企画書の一部だ。

なぜ彼がそれを舟のだと判断したのかはわからないが、「好きだ」などと感想を言うくらいだから、中身を読んだのだろう。

正直、他人に見られたくはなかった。

「戸松が廊下通った後にこれが落ちてて。きっと戸松のだって思ったんだよね。すぐに返したかったんだけど、外に出てっちゃったから今まで渡しそびれててさー」

「それなら机の上に置いておけばいいじゃない。わざわざ渡しにこなくたってよかったわよ。……でも、……ありがとう」

舟はどうしても西平に対してだけ、尖った態度を取ってしまっていた。

社会人なのだから、好き嫌いで態度を変えるのは問題だ。それはわかっているが、どうもうまく対応できない。

これが西平でなければ、「わー、ありがとう！　助かったー」くらい言えるのに。

「どういたしまして。あ、俺からちょっとアドバイスしてもいい？　その企画はいいんだけど、書き方がなんていうか……ありきたりとも取れちゃうかなーって。売り込むのには、もう一工夫が欲しいところかも」

「んなっ！」

「じゃ、頑張れよー」

舟は顔を赤くしながら、わなわなと身体を震わせた。

そんなことは言われなくてもわかっている。ぐしゃぐしゃの紙をさらに強く握りしめ、下唇を強く噛んだ。

確かに舟が提案する企画は硬い。

人の興味を引きつける、遊びや夢がないのだ。

彼女が勤めているのは文房具メーカーで、大手というわけではないが機能性とデザイン性が絶妙な商品が多い、と若い世代から人気のある会社だ。

舟も高校生の時に父親から誕生日プレゼントに貰《もら》ったこの会社のペンが気に入っていた。

シンプルなデザインで書きやすく、何年使っていても流行遅れになることがない。それを現在もお守りとして持ち歩くほどだ。

思えば、そのペンがこの会社に入社した動機の一つである。

入社してすぐ、舟は志望通り営業部に配属された。

右も左もわからないながら必死に営業をこなし、三年もたつ頃には信頼してくれる問屋の人たちもできたし、トップとまではいかないもののそこそこの成績を出せるくらいにはなった。

そんな時異動してきたのが、同期の西平だった。

正直、入社したばかりのころから彼のことが苦手——嫌いだったのかどうかは覚えていない。何か彼を嫌いになるきっかけがあった気もするのだが、なぜか記憶が曖昧《あいまい》で思い出せないのだ。

けれど、異動してきた時に苦手な人が来たな、と思ったのは覚えている。

西平は営業部に配属後、たった数ヶ月で舟の成績を軽々と抜き、トップになった。

悔しくて西平に負けないように頑張ったものの、結果は散々。

舟がアプローチして粘った末に断られた取引先からも、彼は簡単に契約を取ってきた。

しかも、「相手方が面白い人で、俺はただ話してただけなんですけどねー」などとのたまう。

舟は営業部で過ごした自分の三年間を踏みにじられた気分になったものだ。

彼に舟を怒らせる気がないのはわかっていても、腹が立った。

誠実に丁寧に、を心がけてきた舟にとっては、西平の営業態度は許せない。

いや、許せないというよりは、妬《ねた》ましい、というのが正しいのかもしれなかった。

どう足掻《あが》いても舟は西平のようにはなれない。それが悔しいし、自分にはないものを持っている彼を見るのはとてつもなく嫌だ。

幸いその一年後、舟の異動が決まった。

それが現在所属している企画部だ。

企画の仕事も楽しい。自分が考えたものが実際に形になっていくのを見ることで、たまらないほどのやり甲斐《がい》と幸せを感じる。

舟は西平に負けて落ち込んでいた心を癒《い》やされ、ますます仕事に打ち込んだ。

だが、ここ最近は企画が通らず焦《あせ》っている。

今回提出した企画は、飽きの来ない普遍的な機能美に拘《こだわ》ったのだが、シンプルすぎて特色がないように見えてしまったらしい。

デザインに派手さがなく、これだったら量販されている安いものでいいと思われそうだ、と会議で落とされた。

そこへ、西平からの一言。

彼からすればよかれと思っての発言だったのかもしれないが、いかんせんタイミングが悪かった。いや、最上級に機嫌がいい時でも、素直にアドバイスを感謝できたかはわからない。

西平は舟のコンプレックスを刺激する存在だから。

「ほんっと、可愛くない性格」

思わず心の声が音となって漏れた。

西平が嫌いだとか苦手だとか、わだかまりがあるにしても、あの反応はよくない。女性としても社会人としても駄目だ。

これだから、恋ができないのかもしれない。

それに、自分の感情をコントロールできないようでは、万が一、素敵な人が現れて恋人同士になったところで、喧嘩して終わってしまう可能性が高いだろう。

深海くらい深く落ちていた感情が、より落ちた。これ以上はないという場所まで。

舟はやるせない気持ちになりながら、自分のデスクに戻った。

「戸松さん、お帰りなさい。これ、部長が目を通しておいてほしいって」

「ありがとう」

今年入社して企画部に配属された二十三歳の足立奈々《あだちなな》が、舟に書類を差し出した。舟はそれを受け取り、席に戻っていく足立の後ろ姿を見つめる。

ふと、男性にモテるのは彼女のようなタイプなのかなと思う。

足立は柔らかくふわふわとした雰囲気で、誰にでも愛想がよい。

仕事は速いが、見直しをしないのかちょっとした間違いが多いので、要領が悪いと思われている。もっとも、そこが可愛いと男性社員には人気だ。

舟は彼女の教育係ではないので、特になんの感想も持っていない。仕事に関してはこれから成長するのだろうと感じていた。

だが、同期の友人である磯部美玖《いそべみく》は、足立を「うーん。あれは腹に一物あるタイプ」と言っていた。

それが、どういう意味なのか舟にはわからない。ただ、仕事を頑張ってもらえたらいいと思っている。

腹に一物あろうとなかろうと、仕事に支障が出なければ問題ないのだ。

舟は足立から目を離し、手渡された書類に目を通し始める。それは同僚の企画の販促スケジュールだった。

読んでいると、ボツになった自分の企画が頭をよぎる。

舟は焦燥感《しょうそうかん》に駆られた。

どうして自分はこんなに余裕がないのだろう。必死になりすぎているのがかえってよくないのではないかと、ため息をつきそうになる。

舟は軽く首を横に振って気持ちを切り替えた。

今日は金曜日だ。来週に仕事を残したくはない。

頼まれていた仕事を急いで片付けたが、予想以上に時間がかかり、帰るのが遅くなってしまった。

もう数人しか残っていないフロアで「お疲れさまでした」と声をかけ、オフィスを出る。

ようやく終わったと肩をぐるぐると回しながら外の空気を吸い込むと、雨の匂いがした。

本格的に降り出す前には帰ろう。

梅雨入りをしてから一週間ほどたっている。

毎日の雨に多少うんざりしつつも、舟は雨が嫌いではなかった。

周りの空気がしっとりすると、心も潤《うるお》う。

舟は天気を気にしながら、足早に駅に向かった。

夜の七時を過ぎた街は暗い。

電車に乗り込み揺れる視界で、流れるビルの光をぼんやりと眺める。いつも見ている街並みなのに、今日は知らない場所のように感じた。

思った以上に自分は落ち込んでいるようだ。

自宅の最寄り駅に電車が着く。

舟は駅前のスーパーでお酒とおつまみを買った。今日は疲れたので、夕飯は簡単なもので済ませてしまおう。

一人暮らしの食事の支度は面倒くさい。

自分のためだけだと思うと料理をする気になれないのだ。

実家にいた頃は、妹と弟の分もよく食事を作っていた。

舟の両親は仕事人間なので、あまり家にいない。妹と弟いわく、家の味は姉――舟の味だそうだ。

そんなふうに思われているのは誇らしいが、喜んでくれる人がいない時はやる気が出ない。

自分一人の今は、納豆ご飯やカップラーメンで充分だ。足りない野菜はコンビニのサラダで補《おぎな》っている。

舟はスーパーの袋をさげて、レンタルショップに寄り映画を物色する。

こんな気分の日は泣ける話を見てすっきりするか、敵をバッサバッサと斬りまくる話を見たい。頭を使う小難しいものは、別の日にしよう。

新作を四枚借りて、駅から徒歩十分の自宅マンションに戻った。

ここが舟のお城だ。

社会人になると同時に実家を出て以来、ずっと住んでいる。治安も良く、近くに遅くまでやっているお店がたくさんあるところが気に入っていた。

駅からの道も人通りが絶えないので、女性一人で暮らしていても安心だ。

ただ、最近、痴漢被害があったという噂があった。少し警戒する必要があるかもしれない。

舟はマンションのエントランスを通り、自分の部屋の郵便受けを確認する。必要な手紙といらないチラシとを分け、いらないほうを設置されているゴミ箱に入れると、エレベーターに向かった。

郵便受けには手紙と一緒にマンションからのお知らせが入っていた。

エレベーターを待ちながらそれに目を通す。

「災害時の避難訓練かぁ。予定がなかったら参加しようかな。後は、下着泥棒と空き巣に注意――」

このマンションで下着を盗まれたことも空き巣に入られたこともない。

油断は禁物だが、それほど神経質になる必要があるとは思えなかった。

「……あれ？」

なかなか到着しないエレベーターを訝《いぶか》しんで顔を上げた舟は、押したはずのエレベーターのボタンが光っていないことに気がついた。

もう一度押してみたが、反応はない。

「え、なんで？　嘘ー」

多少イラつきながら何度かボタンを押すものの、やはり無反応。

舟は盛大に息を吐いて、外階段を上ることに決めた。

舟の部屋は三階にある。

たかだか三階と思うも、普段階段を使わない舟にとってはつらい。

どうにか最後の階段に差しかかり、スーパーの袋を持ち直した瞬間、バチンと音がしてマンションの電気が消えた。

「なっ⁉　きゃっ！」

辺り一面の暗闇に混乱した舟は、階段を踏み外した。

心臓が強い力で握り潰されたかのように痛み、「ヤバい」と脳内に警報が鳴り響く。

想像した未来は後方への転倒。当たり所が悪ければ、死ぬ可能性がある。

どこかに掴まろうと手を伸ばしたが、その手は空《くう》を掴むばかりだ。

舟は目を強く瞑《つむ》って、衝撃に備えた。

――だが予想とは違う何かに背中がぶつかる。

バサバサと鞄が階段を転がり落ち、お酒がカンッと高い音を立てて転がっていった。

舟は荒い息を吐きながら、自分の身に何が起こったのか考える。まず後ろに感じる温かいものの正体を確かめなければ。

「いっ、たた。君、大丈夫だった？」

振り返るよりも先に聞こえてきたのは、男性の声だった。

彼が倒れてきた舟の下敷きになってくれたようだ。

確認するために首をひねって見下ろすものの、慣れない暗闇に相手の顔はまったくわからない。

ただ、彼の声はどこかで聞いたことがある気がした。

こんな場所にいるのだ。マンションの住人だろう。すれ違ったことがあるのかもしれない。

舟は男性に、「はい」と小さく答え、急いで上半身を起こした。

まだ辺りには一切光は見当たらない。

マンションだけではなくこの地域一帯が停電しているようだ。

「あの、ありがとうございます」

「いやいや、俺も偶然通りかかっただけなので。助けられてよかった」

すぐ間近で男性が小さく笑う。

舟は自分の心臓がドキドキと高鳴っているのが、階段から落ちたせいなのか、それとも別の意味を持つのかわからなかった。

「っと、転がったのを拾わないといけないな」

男性が立ち上がり、舟の腕を引っ張って立たせてくれた。

スマホの懐中電灯を点《つ》ける。その眩《まぶ》しさに目が痛くなってしまい、舟はぐっと目を閉じた。

暗闇の中での強い光は目につらい。

ぼろぼろと涙が零れてくるのを、化粧が落ちるのも構わず舟はごしごしと拭いた。

その間に、舟の荷物を拾い終えた男性が懐中電灯を消してしまう。

舟は結局、彼の顔を確認できなかった。

「はい、これ」

「ありがとうございます。すみません」

勘で、手を出す。

彼のほうは見えているかのように、きちんと舟の手を握り荷物を渡してくれた。触れた彼の手の甲に、傷なのか、ぼこぼことした凹凸《おうとつ》があることに気づく。

怪我をさせてしまったのだろうか。心配になる。

舟が荷物を受け取り終えると、男性はすぐに手を離した。

「一応全部拾ったつもりだけど、拾い損ねがあるかもしれないから、明るくなったら一度確認したほうがいい」

「はい、そうします。ありがとうございました。あの……どこかお怪我をさせてしまったでしょうか？　本当にすいません」

相手には見えないかもしれないが、舟は何度も頭を下げてお礼とお詫びを告げた。

「いや、俺は大丈夫。それよりも階段上れるかな？」

舟は辺りを見回した。やはりほとんど何も見えない。

「……正直、厳しいです」

「そっか。俺はしょっちゅう階段使うから慣れてるけど……悪いけど触るね」

男性はそう断ると舟の手を取り、腰に腕を回した。

ぐっと近づいた距離に息が詰まる。

見えない分、彼の体温と香りを敏感に感じてしまう。彼から香るスパイシーで甘い匂いに頭がくらくらした。

舟は誘導されるままに一段ずつ階段を上る。暗闇の中で、彼の体温だけが心の拠《よ》り所《どころ》だった。

なんとか階段を上りきり、三階の踊り場まで辿りついて足を止める。遠くかすかに街の明かりと星が見えた。

「わぁ」

「この辺りだと、普段は街明かりで星なんか見られないから、なんとなく得した気分になるね」

男性が呟《つぶや》く。

「得……ですか？」

「そう。こういう景色を見ると、忙《せわ》しなく焦《あせ》って生きている心が少し落ち着くからさ。本来なら山を登ったり、遠くに出かけたりしないと見られないだろう」

そういえば、ここ一年ほど空を見上げるなんてしていないことに舟は気づいた。

いつもいつも下を向きながら、日々を必死に走っていた気がする。

男性の言葉に、舟は久しぶりに呼吸をした気になった。

「あの……。私、この階なので」

どうしても彼の顔を確認したくて隣を見るも、やはりこの暗さだとはっきりとはわからない。

「そう？　じゃあ、見知らぬ男に部屋がわかるのは嫌だろうし、俺は一応下におりるから、部屋に戻って」

「え、そんなことありませんよ！　助けてくれたお礼がしたいので、お名前を教えてください」

慌てて頼むと、彼はしばらく沈黙した。

「……俺、小さい頃ヒーローに憧れてたんだ」

突然の昔話に舟は戸惑《とまど》う。

今の会話の流れでなぜ小さい頃の話が出るのだろうか。

「ヒーローってさ、自分の正体を明かさないだろ」

「確かに、そういうイメージはあります」

「だから、俺の正体は秘密」

顔は見えないけれど、男性は笑っているように思えた。

「どうしても、駄目ですか？　私は貴方の顔がきちんと見える時にお礼を言いたいです。名前が無理なら、部屋番号だけでも教えていただけませんか？」

部屋の場所がわかれば、後日お礼を渡すことができる。そこから名前を調べることもできると思った。

けれど彼はそんな舟の考えなどお見通しのようだ。

「ありがとう。気持ちだけ受け取っておくよ。本当に、気にしないで。それに、もう少し星も見たいから」

舟は、これ以上は相手に失礼だと判断した。

細やかに気を遣ってくれる、こんな人が世の中にはいるのかと、温かい気持ちになる。

最後にもう一度お礼を告げて、部屋に向かった。

足元をスマホで照らして歩き、そっと後ろを振り返る。

今この光を彼に向ければ顔を確かめることはできる。けれど、彼の気持ちを無下にするようで躊躇《ためら》われた。

結局、男性の顔を見ないまま自分の部屋のドアを開け、中に入る。電気のスイッチを手探りでつけたが、予想通り明るくはならなかった。

舟はため息をつき、スマホの懐中電灯を頼りに着替えをすませる。

化粧を落とし、食事をとったものの、それでもまだ電気は復旧しなかった。これでは、せっかく借りてきた映画が観られない。

仕方なくベッドに潜《もぐ》り、スマホを弄《いじ》った。

停電の理由を調べてみたが、今のところよくわからない。

ふと、先ほど助けてくれた男性のことを思い出した。

彼は今、何をしているのだろう。

どうにかしてもう一度会いたい。

なんとか探せないだろうかと思案するが、彼について知っていることは、声と香り、おぼろげな体格、そして手の甲の凹凸《おうとつ》だけ。

何もいい案は浮かばないまま、眠気に負けて意識を手放した。

第二章　涼風《りょうふう》

カーテンの隙間から東雲色《しののめいろ》の光がさし込む。

停電の日の翌朝、舟はぼさぼさの頭を手ぐしで整えながら身体を起こした。ぐっと伸びをすると、あくびが出る。

ベッドから出ようと床に足をつけた瞬間、痛みが走った。

「いっ……っ……」

足だけではなく身体全体に痛みを感じる。

昨夜は気持ちが昂《たかぶ》っていて気づかなかったが、階段から落ちた際に足をひねり、どこかに身体を打ちつけてしまっていたようだ。

「最悪。ってことは、やっぱりあの人にも怪我させちゃったのかもなぁ」

本当に申し訳ないことをしてしまった。やはり謝罪とお礼をしたい。

三階近くまで上がってきていたので、同じ階か上の階の人だろう。

ただ、さすがに一部屋ずつ訪問するわけにはいかない。とりあえず来週の金曜日の同じ時間に、エントランスで待ってみよう。

顔は見られなかったが、だいたいの体格なら覚えている。

その時間に帰宅する人なら、また会えるかもしれない。

舟は痛む足に体重をかけないように歩き、引き出しから湿布《しっぷ》を取り出した。痛めた場所に貼りつけて、息をつく。

もう電気は点《つ》くだろうかと、テレビの電源を入れた。

果たして無事に点《つ》いたテレビから、ニュースキャスターの声が聞こえる。

きちんと充電されていたスマホで、昨日何が起こったのかを調べた。

どうやら、変電所のトラブルで地域一帯が停電したらしい。詳細は現在も調査中となっている。

舟は顔を洗い、軽食を作った。

足を痛めたばかりなので、今日は一日家で大人しくしていよう。

窓を開けて部屋に風を通すと、隣の犬がきゃんきゃんと鳴いているのが聞こえた。

「今日も元気だなぁ」

このマンションはペット可なので、窓を開けるとたいてい動物の鳴き声がする。といっても、うるさいというほどではない。

舟も動物が好きなので、いつか動物と一緒に暮らせたらと思ってここを選んだのだ。ただ独身者がペットを飼い始めたら結婚ができなくなると友人たちに口酸っぱく言われていることもあり、軽率に飼うつもりはない。

生き物を飼うのは簡単なことではないし、お金もかかる。今のところSNSの写真や動画で我慢している。

右隣の部屋で飼われている犬の姿を思い浮かべながら、ソファーに戻る。

季節は夏にはまだ早い時期で、気温は暑すぎることもなく涼しすぎることもない。

舟はレンタルショップの袋から昨日借りてきた四枚のＤＶＤを取り出して、何から観ようかと考えた。

借りてきたのは、泣ける恋愛ものとアクションものが二本ずつ。

まずは恋愛もので思いっきり泣こうと決め、映画をデッキにセットした。

結局この日は一日、映画を観て過ごした。

日が暮れる頃、舟は満足してソファーに寄りかかる。けれど、すぐに恋の一つもできないのはこんな生活をしているからなのじゃないか、という不安が頭をもたげてきた。

頭の中で、いつもの数人の自分が会話を始める。

『外に出ないヤツが恋人を作れると思うなよ』

『自分で出会いの場を潰していっているくせに、恋人ができないと嘆くのは、おかしい話だ』

『努力をしない人間に、恋が舞い込んでくるわけがない』

『そもそも恋人を作らなくたって、仕事があるから問題ないと言っていなかった？　作りたいなんて本気なのかしら？　何がしたいのかわけがわからないわ』

舟はぼふっとクッションに顔を埋めて、うめき声を上げた。

結婚をしなくても幸せになれることは理解している。

孤独死は怖いが、老後のためのお金を貯めて介護付きマンションにでも入居すればいいのだ。

ただ、舟にはまだそこまで達観することはできなかった。

一人でも大丈夫という気持ちと一人でいたくないという気持ちがせめぎ合う。

たとえ、愛しい人でも所詮は他人同士、生きてきた過程が違う。時には相手に合わせることが必要だ。

それが面倒くさいと思ってしまうあたり、自分は終わっている。

それに〝一人でいるのが嫌だから結婚したい〟のか〝好きな人と一緒に生きていくために結婚したい〟のかがわかっていない。

これでは仮に恋人ができたとしても、相手に失礼だ。

二十代前半はそんなこと考えなくてもよかったのに、三十に近づくにつれて悩みが増えていく。

クッションを抱きしめながらうんうんとうなっていると、脳内会議がまた始まった。

『ワタシは老後が心配だから結婚したいわけ？』

『いい人がいれば……って、自分の老後を支えてくれる人ってこと？』

『というよりは、周りが結婚しているのに自分は決まった相手すらおらず、他の人より劣っているように思えるのが原因な気がする』

『それだ！』

「それだ、じゃないわ！」

脳内の自分のあんまりな結論に、全力で突っ込みを入れてしまった。

本当に疲れているらしい。昨日は早く寝たというのに。

しかも、脳内の自分自身にダメージをくらわされるというのがなんとも言えない。

自分で自分が嫌になる。

そもそも脳内会議などせずとも、答えなどとうに出ている。

一人でいると、周りよりも女性としての魅力がないと指摘されているみたいで、苦しいのだ。

元気な時ならば、別にそれがどうしたと開き直れるし、女性の魅力なんてものは一つではないこともわかっている。

結局のところ、誰かに認めてほしいだけなのだ。自分の嫌なところばかり考えないで済むように。

「分析すればするほど、自己嫌悪に陥《おちい》っていくわ」

仕事に余裕がないのも、こんなふうに気持ちが落ちていってしまっていることが原因だろう。

「……やーめた。自分で自分を追い詰めてたら世話ないわ」

頭をふるふると振って、昨夜の男性のことを考える。

不安な気持ちでいる時に助けられたせいか、彼のことは純粋に素敵だと思えた。まるでずっと昔からの知り合いだったような不思議な感覚――

「それにあの声、どこかで聞いたことがある気がするのよねぇ」

舟は身体を横に揺らしながら思考したが、思い当たる人物は出てこなかった。

気になってしまった人だからこそ誰かに似ている、知っているかもしれない、と感じるのだろうか。

もしくは、マンションの廊下かエントランスで声を聞いたことがあるのかもしれない。同じマンションに住んでいるのだから、彼とすれ違ったことくらいあるはずだ。

どうにかして彼の部屋がわからないかと考えていると、右隣の犬の声が耳に入った。

ふと、左隣のことが気になる。

実は左隣の人とは、挨拶を交わしたことがない。

舟が引っ越してきた時は同い年ぐらいの女性が住んでいたのだが、つい最近、彼氏と結婚することになったとかで引っ越していったのだ。

同じマンションに住む噂好きのおばさまによると、その後に入ったのは独身の男性だという。彼と舟とは生活の時間帯が合わないのか、その人とは会ったことがなかった。

朝はいつ出かけているのか知らないが、夜は舟が帰ってきた後、ドアの開閉音がする。土日も外に出ていることが多いようだ。

窓を開けていると、時々「リン」と女性の名前を呼ぶ男性の甘い声が聞こえるので、彼女と同棲をしているか、頻繁に出入りさせているのかもしれなかった。

もっとも、このマンションはペット可ということもあってそこそこ防音がしっかりしているため、それほどはっきりとわかるわけではない。

なんとなくその声が昨夜の男性に似ている気がしてきた。そんな自分に苦笑する。

ぼうっと座っているのがよくないのかもしれない。

そう思った舟は食事の準備を始める。

家でだらだらと過ごし身体をまったく動かしていないのに、食事をするというのは問題だ。

今日は安静にしなければいけない理由があったからともかく、ここ最近はずっとこんな感じで過ごしている。

「本当にどうにかしなくちゃ、このままだと駄目人間になる」

舟はため息をついた。

＊　＊　＊

そして月曜日。

結局日曜日も同じように過ごしてしまったことを反省しながら、舟はいつもの時間に出社した。

身体の痛みはだいぶ和《やわ》らいでいる。

自分のデスクで同僚の企画資料のためにデータを整理しつつも、自身の企画について考えた。

どんな人にも使えるようにシンプルで機能性が高いものをと考えていたが、確かに面白みには欠ける。

なんだか自分の生き方そのもののような気がして、苦笑いが漏れた。

では、どうすればいいというのだろうか。

そんなことを考えながら舟は一日を過ごし、定時を少し過ぎた頃に退社して、真っ直ぐマンションの管理室へ向かった。

まだ、停電の時に拾い忘れたものがなかったのか確認していなかったのだ。

外階段は毎日管理人が掃除をしてくれている。何か拾い忘れがあったならば、保管してくれているに違いない。

舟は管理人に事情を説明して、金曜日以降の落とし物を見せてもらった。

覗いた箱の中に、見知ったものがある。

それは以前会社の慰安旅行で使ったホテルの売店で売っていた、ゆるキャラのキーホルダーだった。

舟は思い出にとそれを買ったので、一瞬自分のものかと思って手に取る。だが、よく考えると、そのキーホルダーを外に持ち出したことがない。

偶然、同じものを買った人がいたようだ。

一通り落とし物を確認したものの、自分の物はない。舟はお礼を言って管理人室を出た。

　エントランスを通り過ぎたところで、声をかけられる。

「三階のお嬢さん、今日は早いのねぇ」

「こんばんは」

　声をかけてきたのは、このマンションに住んで長いという噂好きのおばさまだ。世話好きな彼女は、舟が引っ越してきた当初もこの辺りのことをいろいろと教えてくれた。

「ねえねえ、最近下着泥棒が多いらしいんだけど、知ってる？」

「そういえば、郵便受けに注意喚起の紙が入っていましたね」

「そうそう、それがね！　五軒先のマンションに出たらしいのよぉ。お嬢さんも一人暮らしでしょう？　下着とか外に出さないように気をつけないと駄目よー」

「ありがとうございます。そういったものは外に出してないので大丈夫だと思いますが、気をつけますね。あの……、すみませんが、そろそろ」

「あらやだ、ごめんなさい。おばちゃん、話すの大好きだから。それにしても金曜日の停電は大変だったわよねぇ――」

　――結局、その後三十分もおばさまに捕まってしまった。ようやく部屋に戻り、舟はくたりと首を下げる。

　かなり疲れたものの、おばさまの話は重要だった。

下着泥棒が五軒先のマンションにも出たのか。すでに警察に相談していて巡回してもらっているらしいが、なかなか捕まらないようだ。

下着は部屋干ししかしていないし、舟の部屋は三階なので大丈夫だと思うが、気味は悪い。

こんな時、恋人がいれば安心するのにとまた思ってしまい、そんなことのためだけに恋愛をするのかと反省する。

このところ、そればかり考えている気がする。

脳内会議が始まらないうちに、舟は着替えと食事を済ませた。

就寝するには、まだ時間が早い。

渡すあてもないのに、停電の時に助けてくれた男性へのお礼の品をネットで調べることにした。いろいろなサイトを覗いてみるものの、どうにもしっくりくるものがない。

「んー……、決められない」

画面を見すぎて目がチカチカしてきたので、パソコンを閉じる。友人に相談してみようかと思いつき、眠りについた。

＊　＊　＊

そして週の半ばの水曜の夜。

舟は一番仲のいい友人である同期の美玖を、二人でよく行くカフェダイニングに誘った。

この店は、夜遅くまでやっている上、座席数が多く予約を取らなくてもすぐに入れるので重宝している。

音楽とアートを楽しむことをコンセプトにしている店内には、ゆったりとしたアンティークなレザーソファーが置かれ、壁の本棚に英文の本が飾られている。

舟は来たことがないが、休日にはジャズの演奏会が開催されることもあるらしい。平日の今夜はゆったりとした音楽が流れていた。

テーブルの上に、『丸ごとトマトとカマンベールチーズのアヒージョ』と『タコとパクチーのカルパッチョ』、『シーザーサラダ』に『お店一押しラムチョップ』が並ぶ。

舟はアメリカンレモネード、美玖はシャンディガフで乾杯した。

「今日もお疲れさまー」

「まだ週の半ばなのがつらい！　気分は金曜日！」

「わかる」

美玖との会話は気兼ねがなくて気持ちがいい。

舟は彼女の言葉に頷きつつ、いつものようにとりとめもない話を聞く。

内容は会社の愚痴と美玖の彼氏の話だ。

最近付き合い始めたというその恋人が誰なのか、彼女はなかなか教えてくれない。

自分に紹介できないほど怪しい人物なのか、ひょっとして不倫でもしてるのかと心配しているのだが、無理に聞き出すのも気が引けた。

舟は黙って聞き役に徹している。

恋愛経験が少ない舟には話すことが何もないのだ。

しかし今日は違う。こうして彼女を食事に誘ったのは、相談にのってもらいたいことがあるからだった。

「ねぇ、美玖。知らない人からのお礼って気持ち悪いかな？」

「唐突だねぇ。なんのお礼かがわからないのに、なんとも答えられないよ」

「この間、うちの地域で大規模な停電があったの」

「あー、あの変電所のトラブル？」

舟は、美玖にあの日あった出来事を説明した。

彼が素敵な人だったということを差し置いても、何かお礼をしたいと思っていることを伝え、何が適当なのか聞いてみる。

「なるほどなぁ。んー、残らないお菓子とかが一番かな」

「……やっぱりそうだよねぇ」

「でも、舟はこの先、その人と知り合いになりたいんでしょ。それならあっても困らない、普段使うものかな。いずれにせよ高いものは駄目。二千円以内が妥当かしら」

彼女の言葉に頷き、舟は忘れないように頭の中に付箋《ふせん》を貼った。

明後日、会社帰りに買い物をしよう。

その後もゆったりと食事をし、美玖と別れたのは日付を越える時間帯だった。誰かに話をしたおかげか気持ちがリフレッシュされている。

舟は、話を聞きアドバイスをしてくれた美玖に感謝した。


そして、待ちに待った金曜日。

定時で会社を飛び出すように退社した舟は、デパートに向かった。

今日はエントランスであの男性を待つつもりだ。

月曜日から毎日探してみてもよかったのだが、彼が毎日あの時間帯に帰ってくるかはわからない。

それなら停電の日と同じ曜日のほうが確率が高いと踏んだ。

舟はデパートの中をぐるぐると周り、会社で使えそうなシックな蓋付きのマグカップを購入する。割れにくい素材でできたそれは、男性が使うのには丁度よさそうだ。

けれど、ラッピングをしてもらうにつれて、舟の心には不安が募ってきた。

本当にこれで正解なのだろうか。

相手の男性からすれば、偶々《たまたま》通りがかりに手を貸しただけだ。名乗ることすらしなかった。それなのにわざわざ探し出してまでお礼を渡されたら、重たいと感じるのではないか。

もう購入してしまったのに、また迷い出している。

さすがに返品するのは躊躇《ためら》われ、舟は彼に嫌な顔をされたら自分が使おうと決めた。もしくはお礼を渡す前に仲よくなって、その後に渡してもいい。

とりあえず、最初はお菓子のほうが無難だ。

そう思い直し、改めて地下のお菓子売り場へ向かう。

散々悩んだ結果、お気に入りのお店で煎餅《せんべい》を購入した。

食べたことがないものをあの人にあげたくはない。自分が美味しいと思うものを選んだ。

思っていたよりもデパートで時間を使ってしまい、慌ててマンションへ帰る。

舟はエントランスで男性を待った。

何度も鏡を取り出して前髪を整えてしまうあたり、バレンタインチョコを渡す女子高生のような気分だ。なんだかんだといって、相当浮かれている。

舟は緊張しながらしばらくそこに佇《たたず》んでいた。

ところが夜の十一時を過ぎても、あの男性らしき人は現れない。顔こそ見なかったが、体格と雰囲気でわかると思っていたのに。

これ以上待つとマンションの他の住人に不審がられてしまいそうなので、舟は諦めて部屋に戻った。

また来週待ってみよう。

毎日探したい気もあるが、それをすると管理人へ苦情が入る可能性がある。煎餅《せんべい》の賞味期限まではそれなりにあるし、今は偶然にかけるしかない。

ため息をつきながら、舟はお風呂に入った。

髪の毛を乾かした後、ビールとおつまみを持ってベランダに出る。

夏のじめじめとした暑さはあるものの、吹く風はさわやかで気持ちがいい。

ビールを飲みながら夜景を見るのが、お気に入りの過ごし方だ。

舟の部屋からとりたてて素晴らしい景色が眺められるというわけではないのだが、街の明かりを見ているとなんとなく安心する。

世界は自分一人ではないと思えるから。

ビールに口をつけた時、隣の窓がガラリと開く音がした。視線を向けると、男性が立っている。

その顔は翳《かげ》ってよく見えず、舟は一瞬、停電の日に助けてくれたあの男性なのでは、と胸を高鳴らせた。

けれどそこにいたのは、舟がよく知っている男性だ。

「え？」

「あれ、戸松？」

なんと、隣のベランダにいたのは、苦手な同期の西平だった。

彼はへらへらと笑いながら、舟に手を振ってくる。

「もしかして隣に住んでるのって戸松なの？　わー、マジかー！　こんな偶然あるんだな！」

何が嬉しいのか、西平はいそいそと近寄りながら笑顔で舟に話しかけてきた。

「……あぁ、そっか。私は幻覚を見てるんだ。まさか隣に西平が住んでるわけない。相当疲れてるのかもしれない」

「いやいや！　なんで俺が隣にいるっていうだけで現実逃避するんだよ」

思わず顔を手で覆《おお》ってから、舟はもう一度隣の男性を見る。

確かに西平だ。

西平以外誰でもないぐらいに西平だ。残念なほどに西平だった。

舟はどう対応しようか、一瞬悩んだ。だが、予想外すぎる出来事に頭がこんがらがり、考えるのが面倒くさくなった。

手に持っていたビールを一気に呷《あお》り、勢いよく西平を見る。彼は驚いたような表情で舟を凝視していた。

「おやすみなさい！」

叫ぶように言い放ち、さっさと部屋に戻る。

「え……、あ、おやすみ……」

背中から呆然とした西平の声が聞こえた。

結局舟は、隣の住人が西平だという事実をなかったことにし、その日は寝てしまった。


次の日、目覚ましのアラームと共に起き上がり、舟は髪の毛をかきむしった。

寝て起きれば昨日の出来事が夢にならないかと考えていたが、そんなことはなかった。昨晩のベランダでの会話はきっちり覚えている。

「なんで隣に西平がいるのよ！」

朝から最悪な気分だ。

たまたま空いた隣の部屋に嫌いな同期が引っ越してくるなど、こんな偶然あっていいのだろうか。

しばらくベッドの上でごろごろと転がって暴れると、少しすっきりしてきた。

隣が西平なのはもう仕方がない。昨日まで一度も顔を合わせなかったのだから、今後も会う機会は多くはないはずだ。

そう、思っていたのに――

「……何？」

「醤油《しょうゆ》、貸してほしくてさー」

その日の夜、西平が舟を訪ねてきた。

玄関の扉を開けた途端、目の前で笑っていた西平。その横《よこ》っ面《つら》を殴ってやりたい衝動に駆られながら、舟は冷蔵庫から醤油《しょうゆ》を取り出して手渡す。

この馴《な》れ馴《な》れしさはなんなのだ。

「ありがとう！　すぐ返すよ。刺身買ってきたのはいいんだけど、付属の醤油《しょうゆ》だけじゃ足りなくてさ。」

「……いいわよ。うち今、醤油《しょうゆ》ぐらい切らしてて」

「なんか、隣同士のあるあるって感じだな！」

西平は手を振って一度部屋に戻っていく。そして数分後に醤油《しょうゆ》を返しにきた。なぜかお礼だというクッキーを持って。

「これ、昨日一緒に食事した人からの土産《みやげ》。美味しいって有名らしいんだけど、俺そんなに食わないからあげる。じゃ、ありがとうねー」

そう言うと、人懐っこい笑みを浮かべて帰っていった。

舟は冷蔵庫に醤油《しょうゆ》をしまい、貰《もら》ったクッキーを口の中に放り込む。

「……美味しい」

なんだか無意味に苛立《いらだ》っている。コーヒーでも飲んで一息つきたい。

気づけばクッキーは全てお腹の中に収まっていた。思っていた以上に舟の好みの味で、また食べたいと思うほどだ。

袋を見てみたが、西平が元の包装から移したのか、どこのお店のものなのかいまいちわからなかった。

直接聞けばいいのはわかっているけれど、散々嫌な態度をとっておいてこんな時だけ自分から話しかけるのは調子がよすぎる気がする。

それに有名なクッキーだと言っていたから、お店がわかったところで手に入りにくいかもしれない。舟はいろいろ理由をつけて、我慢することにした。


次の日も、コンビニの帰り道に西平と遭遇した。

「あ、戸松だ！」

大きな鞄を肩に引っかけた彼は、舟の姿を見ると笑顔で駆けてきて隣に並ぶ。

「コンビニ帰り？　俺は草野球帰り」

無視をしようと思ったが、予想しなかった言葉に反応してしまった。

「草野球？　西平、草野球なんかやってるの？」

「うん。時々だけど、メンバー足りないと呼び出されるんだよね。んで、だいたいはその後飲み会なんだけど、今日はそっちには参加しないで帰ってきたんだー」

「ふぅん」

正直舟にはどうでもいい内容なので、適当に頷く。

しかし、なぜわざわざ隣を歩くのだ。

帰る場所が同じなので道が一緒なのは仕方がないが、もう少し離れて歩いてもいいのに。

結局、西平は草野球の話をし続け、舟と一緒にエレベーターに乗った。エレベーターが動き出すと昨日のクッキーの感想を聞かれる。

「クッキー、美味しかった？」

「えっ……、うん。美味しかった……」

「なら、まだ残ってるからあげる」

「いや、いいよ。だって、それ西平が貰《もら》ったものでしょう？　私が食べちゃうわけにはいかないよ」

「俺は一つで充分だし、美味しいって言ってくれる人が食べたほうがいいよ」

結局、クッキーの魅力に抗《あらが》うことができず、西平に押し切られた舟は、クッキーを箱ごと受け取ってしまう。

舟は夕食後に、箱に描かれたロゴを頼りにして検索をかけてみた。

するとすぐに、店がヒットする。クッキーが一箱五千円もする人気商品だと判明した。

「ひぃっ、そりゃ美味しいわ！」

こんなものをくれるなんて、西平は甘いものが苦手なのだろうか。

そうだとしても、気前がいい。

現金なことに、舟は彼がそんなに嫌な奴ではないのかもしれないと思い始めた。

「それにしても、彼女も甘いもの苦手なのかしら？」

ちょっとしたモヤモヤは残ったものの、それは考えても仕方がないことだ。

舟は渡せずにいる煎餅《せんべい》にちらっと視線をやる。自分が買った煎餅《せんべい》もあの男性に喜んでもらえたらいいなと思った。

それからというもの、今まで一度も会ったことがなかったのが嘘のように、不思議と西平と出社時間が重なるようになった。

わざわざ避けるのも、それはそれで大人げないような気がして、同じ車両に乗る。

「一本早くしただけで、満員電車も少し楽になるなー」

「西平、近い」

「えー、満員だからしょうがなくない⁉」

毎朝、舟が苦しくないようにと西平はドアに両手をついて場所を確保してくれる。そうすると彼に囲われているような体勢になってしまって、気まずいというより恥ずかしい。

その日、ガコンッと電車が揺れて、西平と舟の身体が密着した。彼からは、あの停電の男性と同じ香りがする。

同じ香水を使っているのだろうか。だとしたら、なんという香水なのか聞いてみたい。けれど、どう切り出せばいいのか、舟にはわからなかった。

そうこうしているうちに電車は会社がある駅に着く。

当然、電車を降りた後も西平は舟の隣を歩いた。

正直、二人でいるところを会社の人に見られたくない。

どうやって差しさわりがないように逃げようか考えているのだが、いつもうまくいかないのだ。

「あ、前方に美玖発見！　先行くね！」

今日は運のいいことに、前を歩いている友人を発見し、迷わず走り寄った。

朝だけではなく、帰る時間も西平と度々重なっている。

そのせいか、社内で偶然会うと、彼は必ず舟に話しかけてくるようになった。

今まではお互い挨拶を交わすぐらいの付き合いだったというのに、隣に住んでいるというだけで、ここまで態度が変わるものなのだろうか。

それに西平には彼女がいる。こんなにも自分に親しげにしていると彼女が知ったら、気分がよくないはずだ。

もしかして別れたのかもしれないとも思ったが、ベランダに出ると、時々「リン」と呼ぶ声や「お前は可愛いなー」と言っている西平の声を耳にする。

嫌な奴ではないかもしれないが、軽薄な男には違いない。他人事ながらイライラしてしまう。

元々彼のことが苦手だったこともあり、距離が近くなるにつれ余計にざわざわと心が波立ち、苛立《いらだ》った。

特に腹が立つのは、彼女がいるのに自分を食事に誘ってくることだ。彼女がいると気づかれなければいいと思っているのか。

自分はお手軽に遊べそうなタイプだと見られているのかとも考えてしまい、暴れたくなる。

そんなふうに西平に振り回され、気づけば彼が隣の住人だと知ってから半月ほどたっていた。

今日は金曜日。舟はあの後も金曜日はエントランスに立っている。

停電の男性らしき人がいないか、ずっと探していた。特に意味もなくコンビニに向かってみたり、郵便受けを開けに行ったりしてみるが、彼らしい人物には一度も出会えないでいる。

なんだか本当に彼が存在していたのか疑わしい気持ちにすらなってきていた。

あれは寂しさのあまり見た幻想だったのだろうか。

あの香りもぬくもりもこんなに覚えているのに？

待ち始めて一時間ほどたった頃、エントランスに入ってくる男性の影が目に入る。それがなんとなくあの男性に似ている気がして、舟の心臓が高鳴った。

前髪を手で直し、手渡す予定の紙袋を持ち直す。

自動ドアが開き、現れた男性に声をかけようとした舟はそこで立ち止まった。影が誰なのかに気づいたからだ。

「西平……」

「あれ？　戸松だ。こんな時間にエントランスなんかでどうしたの？」

「別に……」

まさか停電の男性と西平を見間違えるなんて思わなかった。そして、今日もまた会えなかったのかと意気消沈する。

「戸松、元気ない？」

「元気、なくない」

西平に顔を覗き込まれ、思わずぷいっと視線をそらした。

「どっち⁉　というか帰らないの？」

「帰るわよ」

促《うなが》されるまま、エレベーターに乗り込んで舟は部屋に戻った。

やっぱり彼とは出会えなかった。西平には会ったというのに。

会いたい人には会えないのに、会いたくない人には会ってしまう。

「あの人、どうしてるんだろう」

ベランダで夜景を眺めながら、舟は小さく呟《つぶや》いた。

＊　＊　＊

翌日の土曜日。
舟は盛大にため息をつきながら、カーテンを開けた。
本日は快晴で、洗濯日和だ。
今日は買い物にも出かけたいので、さっさと洗濯を済ませたい。
洗濯機を回している間に、パンの上に卵とピザ用チーズを載せ塩コショウを振って
オーブンに入れた。いつものずぼら飯だ。

朝食を食べ終えると、タイミングよく洗濯機がピーピーと音を鳴らす。

舟がベランダで洗濯物を干しているところに、隣から西平が顔を出した。

「なーなー、戸松」

「何？　私見ての通り忙しいんだけど」

「それは申し訳ない。けど、ちょっと確認させて」

両手を合わせながら拝むようにお願いをする西平を見て、舟は洗濯物を籠《かご》の中に置いてベランダの境目に向かった。

「それで？」

「今度、警報機点検あるだろ、それいつ頃だったかわかる？　ポストに入ってた紙、間違えて捨てちゃってさ」

「そういうのは、メモしておけばいいのに」

舟は部屋に引っ込み、お知らせの紙を探した。いつも同じ場所に置いているので、すぐに見つかる。その紙を手にベランダに戻った。

「私たちの階は来週の日曜日。上の階からやってくみたいだから、少し時間がかかるかもよ」

「わかった。ありがとう！　助かったよ！」

西平はパッと笑顔になる。

相変わらず彼のことは苦手だが、さすがに知っていることを教えないほどではない。嫌というだけで、相手に嘘をつくのは最低最悪だ。

それに、隣の住人が知人だというのが結構心強いということにも、舟は気づいていた。

それが自分の最も苦手な人間であったとしてもだ。

にしても、醤油《しょうゆ》を切らしたりお知らせの紙を捨ててしまったりと、会社での印象と違い西平は結構抜けている。彼女も気をつけてあげればいいのに。

舟ですら気づくのだから、彼女がそんな西平の性格を把握していないわけがない。

そう思うものの、余計なお世話のような気がするので、口には出さない。

再び洗濯物を干していると、西平に話しかけられた。

「そういえばさ、戸松ってこの辺り長いの？」

「長いわよ。入社する頃からずっとここに住んでるもの」

「ってことは、近所に詳しい？」

彼が何を言いたいのかわからず、軽く眉間に皺《しわ》を寄せて「そうね」と答えながら、舟は最後の洗濯物を物干し竿にかけた。

今日はいい天気なので、帰ってくる頃には乾いているだろう。

「だったら、ちょっと案内してくれよ」

「は？　嫌よ」

突然の申し出に、思わず不機嫌な顔で振り返る。

「頼む！　俺引っ越してきたの最近だろ？　今まで休日はいろんなところに呼ばれて出かけてたし、平日は帰ってくるの遅いしでさ、店開いてる時間にいたことないんだよー。昼飯奢《おご》るから！　じゃぁ、今から一時間後ぐらいに！」

「は？　ちょっと！　勝手に決めないっ……」

舟が否の返事をし終える前に、ベランダの窓が閉まる音が聞こえた。

「ちょっと！　人の話は最後まで聞きなさい！」

ベランダに向かって叫んだけど、返答はない。

舟は部屋に戻り、約束など聞かなかったことにしようと決めた。

もともと出かける予定だったのだし、さっさと用意して家を出てしまうのが一番だ。

化粧をして髪の毛を整えて、お気に入りのワンピースを着る。七センチヒールのサンダルをはいて、気分は上々だ。

西平に見つかる前に、さっさと買い物に行ってしまおう。

鼻歌を歌いながら玄関の扉を開けると、そこにはすでに西平が立っていた。

「……はぁ？」

「え、なんで俺しかめっ面《つら》されたの⁉　てか、速かったな」

「どうして西平がもう外にいるのよ」

「いやー、戸松と出かけられるってなったから、わくわくして」

心の中で「アホか」と呟《つぶや》く。

そんな舟に構わず、西平はにっこりと笑みを浮かべてこちらを見つめていた。

「あのねぇ。そういうのは彼女と行ったら？」

「彼女？　確かに彼女と行けたら楽しいなーとは思うけど。いないし」

どうやら西平の彼女は本日、不在のようだ。だから自分に声をかけたのかと思うと、やはり腹立たしい。人をなんだと思っているのだ。

ついムッとした顔をしていると、西平が舟の手を取って歩き出してしまう。

「ちょっと！」

「まぁまぁ、昼飯奢《おご》るしさ。前にあげたクッキーまた貰《もら》ったから、それもあげる！」

舟はクッキーにつられたわけではないが、仕方なく案内役を引き受けた。

少しだけこの辺りを紹介したら、別れればいい。

「わかったから離して」

「えー」

渋る西平から腕を引っこ抜き、「えー、じゃない」と怒ってやる。

こんなところをあの停電の時の男性に見られ、誤解でもされたら大変だ。

彼がどこの誰なのかわかっていないし、誤解されたからといってどうなるものでもないのだが、とにかく手を取り合うような男性がいると思われるのは困る。

それにしても、西平は本当に軽薄な男だ。停電の彼ならきっとこんなことをしないだろう。

舟は、自分の中で停電の男性が美化されていっているのに気づいていたが、それを止めることはできなかった。

「それで？　どこに行きたいの？」

「とりあえず、美味しい惣菜《そうざい》店が知りたい」

「料理しなさそうだもんねぇ」

彼女の「リン」にでも食事を作ってもらえばいいのに。

まぁ、料理が苦手な女性も多いし、彼女にも予定があって毎日作る時間があるわけではないのかもしれないが。

「いいけど。そのお店、商店街にあるから、夜八時には終わっちゃうよ」

「全然平気！　コンビニとスーパーの惣菜《そうざい》は飽きちゃったんだよなー」

「気持ちはわかるけどね」

大通りを一本それた道に入る。

小さいが、肉や魚など基本的なものは手に入る商店街だ。

駅の反対側には大型スーパーがあるので少々そちらに客が流れてもいるが、昔から地元に愛されている場所だそうで、廃《すた》れてはおらず活気がある。おかげで治安がいい。

「ここ。〝惣菜《そうざい》オレンジ〟」

「惣菜《そうざい》のお店なのに、なんでオレンジ？」

「奥さんの好物らしいよ」

　舟が奥にいる女性に声をかけると、人のよさそうな惣菜《そうざい》店の奥さんがにこにこと迎えてくれた。

「あら、舟ちゃんじゃないのー。なぁに？　今日は彼氏連れてきたの？」

「違いますよー。ここ最近、近くに引っ越してきた会社の同僚なんです」

「あらあら、運命みたいねぇ」

　その言葉に舟は空笑いをしながら相槌《あいづち》を打った。

　別段こんな縁は欲しくないのだが。神さまは厳しい。

　ため息を隠しておすすめの惣菜《そうざい》を紹介すると、西平は目をきらきらさせながら何点か買い込んだ。こんな時にも愛想のいい彼を奥さんが気に入り、サービスしまくられている。

　一緒にいた舟にまで同じようにサービスをしてもらったので、恐縮してしまった。

　惣菜《そうざい》店を出て、お弁当屋さんや百円均一のお店など、この辺りで生活するのならば知っておいて損はないところを数ヶ所教える。

一時間ほど歩き回り、さすがに疲れてきたので二人は駅前のカフェに入ることにした。

「お礼に奢《おご》る。好きなの頼んで」

「じゃあ、ケーキセット。レアチーズケーキとアールグレイをホットで」

「俺はブレンド、後、スモークチキンとタマゴのバゲットお願いします」

注文を済ませ、舟は窓から人通りを眺めた。

改めて、こうして西平とカフェにいるのが不思議だ。

彼を苦手だと思っているくせに、話していても不快ではない。多分、西平が舟につっかかる言い方をしないからだろう。喧嘩腰なのは舟のほうだと自覚している。

今も彼は嬉しそうな笑顔をこちらに向けていた。

「今日はありがとう。すっごい助かった」

「別に……。これぐらいどうってことないわよ」

運ばれてきたレアチーズケーキを口の中で味わいながら、舟は西平に視線をやる。

大きく口を開けてバゲットを頬張る姿は、実年齢よりも若く見えた。

誰もが振り返るほどの美形というわけではないが、魅力のある人だ。舟にも、そんなことはわかっている。ただ、明るく人を惹きつける彼を前にすると、自分との違いを思い知らされて落ち込んでしまうのだ。

どうしようもない被害妄想――

不意に西平が話しかけてくる。

「戸松って、私服のが可愛いな」

「んぐっ……!?　げほっ、げほげほっ！」

飲んでいた紅茶を噴き出しそうになった舟は、むせて何度も咳を繰り返した。

「あっ、……んたね。突然何を言い出すの？」

「いや、素直な感想？」

うろんな瞳で西平を睨むが、彼は不思議そうに首をかしげているだけだ。

舟はこれ以上西平が変なことを言い出す前に、さっさとケーキを食べて席を立つことにした。

「そういったことは、彼女に言いなさいよ」

「確かに！　俺、彼女にはいつも素直な気持ちを伝えたい派だなー」

「それはよろしゅうございますね」

ちょっとした嫌味のつもりだったのだが、惚気《のろけ》られてしまった。

少しだけ彼女が羨《うらや》ましいと思える。

西平は軽い性格ではあるが、今まで浮気や二股をかけているという噂が出たことは一度もない。

同期の出世頭で長身のかっこいい彼に、素直に気持ちを伝えてもらえるほど、愛されている「リン」は幸せ者だ。

自分にもそんなふうに想ってくれる人は、現れるのだろうか。

停電の時の男性がそうだといいな、と思った。

彼はどんなふうに恋人を愛する人なのか。西平みたいに素直なのもいいが、照れてなかなか言葉にはしないものの行動で示してくれるのも素敵だ。

勝手に妄想していると、ときめいて幸せな気持ちになると同時に虚《むな》しくもなる。

「ケーキごちそうさま。買い物行きたいし、先に行くね」

「え？　買い物なら俺も付き合うよ」

「いいよ。女性の買い物は長いから。それじゃ」

ひらひらと手を振って舟はカフェを後にした。

本当なら隣の街まで出て洋服を見たかったのだが、手に惣菜《そうざい》がある。電車に乗るのは厳しいので、近場のお店を軽く見て帰ることにした。

本屋で小説と漫画を数冊購入、レンタルショップでＤＶＤを数本借りて帰宅する。

片づけを済ませ、映画鑑賞の準備をしていると、部屋を隔《へだ》てている壁が目に入った。

その壁は、ただの壁だ。

けれど、この向こうに自分がよく知っている人物が住んでいると考えると、なぜか変な気持ちになる。

舟はなるべくそちらを見ないようにした。

第三章　夏台風

それからというもの、西平からの食事のお誘い攻撃が激しくなった。停電の男性とは一向に会えないのに、連日攻撃されてフラストレーションが溜まりに溜まる。

その日も舟はイライラとしながら、適当に買った惣菜《そうざい》を片手に歩いていた。ふと誰かに見られている気配がする。

また西平でもいるのかと、眉間に皺《しわ》を寄せながら背後を振り返った。

「……誰もいない？」

どうやら舟の気のせいのようだ。いろいろと過敏になっているのかもしれない。

その後はわき目もふらず、一直線に帰宅した。

部屋は空気がこもっていて、蒸し暑い。舟は窓を開けようと、ベランダに近づいた。

すると、目の前で茶トラの猫が毛づくろいをしている。

「へ？」

なぜこんなところに猫がと驚き、急いで窓を開ける。

猫は「んなー」と鳴きながら、部屋の中に入ってこようとした。舟は慌ててその猫を抱き上げる。

大人しく抱かれている様子を見るに、この猫は人馴《ひとな》れしているようだ。

猫の首にはお菓子のラッピングに使われていたであろうリボンがついている。恐らく飼い猫だ。

舟は布を濡らして、四足の泥を拭いてやった。それから、床に降ろす。

猫はまるで自分の部屋にいるようにクッションをふみふみと踏み固め、そこで身体を丸める。

「えーっと、君はどこの子かな?」

答えるわけもないのに、思わず聞いてしまう。

「ねーねー、どっから来たのよー? ここのマンションの子?」

うりうりと首の下を撫でてやると、目を細めごろごろと鳴く。その可愛さにさらに撫で回したくなるが、猫は構われすぎるのを嫌うと聞いたことがあったので我慢した。

本当にこの猫はどこから来たのだろうか。

恐らくベランダづたいに移動してきたと思われるので、飼い主は同じ階の住人に違いない。右隣のペットは犬だし――

「西平のとこかも……」

舟は猫を抱え、西平の部屋のインターホンを鳴らした。

「うわっ！」

すぐに西平の声とガッシャンという音が聞こえる。こちらが驚くぐらいに、騒がしい。

バタバタとした足音がして、扉が開いた。

「すんません！　って、戸松」

目を見開いた西平の顔の前に猫を押し付ける。

「この子。西平のとこの？」

「うわー！　ありがとう！　今探してたんだよー！」

「それはよかったけど、外に出すと危ないよ。西平、彼女さんにもちゃんと見ててもらいなよね」

そう言うと、西平が怪訝《けげん》な顔をする。

「戸松はいつも俺の彼女の話するけどさ、俺今、彼女いないよ？」

「……え？　いやいや、〝リン〟って彼女さんいるよね？　よく名前を呼んでるの聞こえるもの」

「〝リン〟なら、ここにいるけど」

今度は舟が怪訝《けげん》な顔をする番だった。

一体どこにいるというのだ。そう返そうとして、手元にいる猫を見つめる。

「もしかして、リン？」

「にゃー」

返事をするように猫が鳴いた。

思わず天井を見上げてしまう。なんて紛らわしい名前をつけるのだ。

「そう、リンはそいつ。名前つけてから雄だって気づいてさー、でもいいかなーって」

「うん……。そ、そうね。可愛い名前だと思うよ」

恥ずかしすぎて西平の顔を正面から見られなくなる。

彼女がいると勘違いして、軽薄で失礼な男だと怒っていたのが申し訳ない。

よく考えると舟は「リン」の声を聞いたこともなければ、姿を見たこともなかった。

考えればすぐに変だと気づくことだというのに、何をやっているのだ。

一度思い込むとなかなかそこから考えを変えられないのが、舟の短所だった。

「とりあえずさ、戸松。ちょっと入れよ」

「え？　でも」

「いいから、いいから。少し話しよう」

西平にぐいぐいと引っ張られ、断るに断れないまま、舟は部屋の中に入る。

彼の家のリビングにはキャットタワーと猫用の水入れ、トイレなどが設置されていた。

足元には猫じゃらしなどの猫を遊ばせるグッズが散らばっている。

それらを避けながら奥のソファーに座り、リンから手を離す。けれどリンは舟の膝から動こうとせず、顔を舐めて大きなあくびをした。

どうやら居心地がいいらしい。

「コーヒーで平気？」

「うん。そういえば、さっき大きな音してたけど」

「あー、リンを探してたらインターホン鳴っただろ？　慌てて、猫じゃらしとかぶちまけた」

なるほど。足元に乱雑に転がっているおもちゃは、そのせいか。

西平がコーヒーを手渡してきた。舟はそれを飲みながら、目の前に座る彼を見る。

仕事から帰ってきたばかりらしく、スーツ姿のままだ。そのせいで、会社にいるような気分になった。

「あー……あのさ、もしかして、なんだけど。戸松が俺の誘い断ってたのってさ、その……リンが彼女だと思ってたから……ってこと？」

「……それもあるわね」

停電の時の人に誤解されたくないので、西平に彼女がいないと知っていても素直に応じたとは思えない。けれど、一度も食事に行かなかったとは言い切れなかった。

西平が隣に引っ越してきて、接点が増えてしまっている。彼が不快な人ではないとわかっているし、情も湧いていた。

「俺が誘ってたのは本気で戸松と食事をしたいからで、それをきっかけに少しでも距離が縮まればいいって思ってた」

西平はそこで言葉を切った。

「――だから、なんて言うかさ。あー、だから」

彼は頭をがしがしかきながら、視線を泳がせる。そしてぎゅっと目を瞑《つむ》って開いた後、意を決したように舟の隣に腰を下ろす。

その近すぎる距離に、舟は息がしづらくなった。

「……に、しひら？」

「俺、ずっと戸松を見てた。俺のことが嫌いなのも知ってる。それでも諦めきれないんだ」

西平の言葉が頭に響く。

一体、彼は何を言っているのだろうか。

「えっ……と」

なんと返答するのが正解なのか、とっさには出てこない。

近づいてくる西平の顔。その真剣な瞳から視線をそらすことができない。

それでも、どうしても逃げたくて、舟は膝にいたリンを持ち上げ二人の間を埋めた。

「んおっ⁉」

リンは「んにゃあ」と鳴きながら、西平の顔に肉球をぽふっと当てる。

「か、帰る！」

「あ、戸松っ」

舟はリンを床に下ろして、急いで西平の家を飛び出した。自宅の鍵をしっかりと締めると、ドアを背にずるずると床に腰を落とす。

「び……びっくりした」

先ほど聞いた言葉は幻聴だったのではないかと、疑いを持つ。

それくらい衝撃的だった。

〝嫌われていることを知っていても諦めきれない〟――彼はずっと舟を想ってくれていたというのか。まったく気がつかなかった。

それはなんという殺し文句だ。

顔が真っ赤なのが鏡を見なくてもわかる。

それほど頬が火照《ほて》ってしまっていた。

急に甘い言葉を囁《ささや》かれただけで、苦手だと豪語していた人間に簡単になびくほど単純な人間だというつもりはない。

それなのに、どうして心の奥が熱くなっているのか？

自分には停電の男性という想い人が存在するのに。あの日からすでに一ヶ月近くたった今でもずっと探しているほどにだ。

そう思うのに心が揺れる。

今まで西平を避けていたことにも罪悪感が生まれた。

そもそも、なぜ自分がここまで西平瑛人という男を苦手——いや、嫌いになったのか、思い出そうとするが、どうしても思い出せない。何かきっかけがあったことだけがかすかに記憶に残っている。

なんとも最低な話だ。

「わけわかんない」

いろいろな感情が混ざり合ってくしゃくしゃになった顔を両手で捏《こ》ねてから立ち上がり、舟は風呂場へ向かった。

シャワーでも浴びて頭をリセットさせよう。

そうでなければ、この問題に向き合う気力すら出ない。できるのなら、なかったことにしたいくらいだ。

ついでに風呂を沸かして、湯船に浸《つ》かる。

「はぁ……」

深呼吸すると、またしても脳内会議が開催された。

『それで、ワタシはどうしたいって？』

『停電の君が忘れられないんだから、当然、断る一択よね』

『だっていうのに、ワタシったら心が揺れてるのよ。チョロい。チョロすぎる！』

『自分を好きだと言ってくれる人なら誰でもいいわけ？』

舟は湯船の中に頭ごと入った。息が続く限り潜《もぐ》る。

「誰でもいいわけじゃないわよ！　結婚しなくたって幸せを手に入れられるのもわかってる。それでも誰かと寄り添う未来が欲しいの！」

水面に頭を出し、叫んだ。

そして、冷静に考える。

停電の男性のことを諦められない。だからに西平の気持ちに応えるわけにはいかない。はっきりと断ろうと決めた。

風呂から上がり、髪の毛を乾かす。窓辺に腰を下ろすと月が見えた。

部屋を照らす柔らかい月の光は、どこか神秘的だ。そんな月を見つめながら頭の中を整理する。

どうして舟は西平を苦手だと思うようになったのだろうか。営業部での成績だけが理由ではないはずだ。だって、新入社員同士の時はむしろ——

心の奥底にしまっていた感情が少しずつ表へ湧き上がってくる。もう五年も前のことだ。記憶は薄くなっているが、思い出せることはある。

入社当初。今以上に真面目で融通《ゆうずう》がきかなかった舟は、人付き合いが苦手だった。馴《な》れ馴《な》れしい人間がどうも受け入れられなかったのだ。

今もそれは変わらないが、あの頃はもっとひどかった。

教育係になってくれた上司に、『真面目なのはいいが、少しは余裕を持ったほうがいいぞ』と注意されたほどだ。

なぜ余裕が必要なのか、そんなことも理解ができない程度には子どもだったように思う。

そんなとっつきにくかったであろう舟の態度を気にせず、頻繁に話しかけてくれた男性がいた。舟は密かに彼へ想いを寄せ始めた。素敵な人だと思って。

同期の中心にいて、人を惹きつけて離さない彼——西平瑛人に、舟は当初好意を抱いていたのだ。

「あれ？　そうだわ。そうだった」

なぜそれを忘れてしまっていたのか。

そのきっかけは——そうだ、胸を抉《えぐ》られるほど、苦しくてつらい言葉を彼に言われたのだ。

そして、舟はそれ以上傷つかないために全てを忘れることにした。最初から自分は西平が苦手なのだと思い込んで。

　まさかこんなに綺麗さっぱり忘れられるとは思わなかったが。

「なんて、言われたんだっけかなぁ……」

　恐らく、他人からすればどうでもないような言葉だったのだろう。けれども、舟にとっては二度と思い出したくないほど衝撃的で——念入りに葬り去ったそれを思い出すことはできなかった。

　だから、西平からの想いを切り捨てたくないと思うのだろうか。

　五年前の自分が、大切に胸に拾い上げ抱きしめろと駄々を捏《こ》ねる。

　舟は何度も自分には停電の男性がいると言い聞かせた。

　きっともうすぐ会えるから、めったなことをするものではないと自戒する。まるで暗示のように。

　深く息を吐いてカーテンを閉め、舟はベッドに潜《もぐ》り込んだ。

＊＊＊

　西平に想いを告げられて二日たった。

　断ろうと思っているのに、声をかけるタイミングが掴めない。いっそ、うやむやにしてしまいたいが、きちんと直接断るのが礼儀だ。

デスクで一人うなっていると美玖がやって来て、舟の肩をぽんっと叩いた。

「舟、最近変よ。何か隠し事してるでしょ？　今日ランチね」

「……はい」

強制ランチである。

昼休み、舟は美玖に連れられるまま、行きつけのカフェに向かった。

日替わりランチのパスタを頼むと、さっそく視線で話を促《うなが》される。

仕方なく舟は重い口を開いた。

「西平のことなんだけどさ」

「え？　西平のことだったんだ。てっきり、あの停電の時に助けてくれたっていう人と何かあったんだと思った」

「あの人とは会えてないから……。それはとりあえず置いておいて」

舟は小さな声で「西平が隣に引っ越してきた」と伝える。

何が面白かったのか、美玖は机をばんばんと叩き、お腹を抱えて大笑いした。

「うっける！　そんな偶然ある？」

「笑いすぎじゃない？」

舟は口を尖らせながら答える。

告白されて断りづらくて悩んでいるということは言えなかった。自分で決めたことをさっさと実行できずにいるなんて情けないし、美玖の反応が怖い。

「それで？　西平がお隣でどうしたっていうの？」

「どうしたっていうか……。西平を嫌いになったきっかけがあったことを思い出したんだ。だけど具体的なことが記憶になくて」

「あー、きっかけかぁ。確か入社してしばらくたった頃の飲み会だったと思うけど」

「覚えてるの？」

まさか自分がすっかり忘れていたことを美玖が覚えているとは思ってもみなかった。

彼女によると、西平の余計な一言以来、舟は彼を避けるようになったそうだ。けれど、その言葉の内容までは覚えていないという。

美玖にしてみればそんな大した言葉ではなかったが、舟は相当ショックを受けていたと話してくれた。

「だから、西平が悪いっちゃぁ悪いね」

「そっか……」

美玖に相談はできなかったが、少しだけ気持ちがすっきりする。

いつまでも悩んでいても仕方がない。明日、明後日の土日のうちに彼と話をしよう。

そう決心したというのに、西平と会うことができず気づけば翌週の水曜日になっていた。

その日、舟がペンで机をこつこつと叩いていると、課長が部署全体に声をかけた。

「おーい、全員いったん手を止めてくれ」

「どうしたんすか？」

「みんなも知っての通り、今日は台風の予報だ。先ほど進路が変わったみたいでな、直撃するらしい」

課長がため息をつくのに対して、他の社員は少し浮き足立つ。

「だから、仕事の目処《めど》がつくんだったら電車が止まる前に帰れって、上からのお達しだ。ま、会社に泊まりたいっていうなら、泊まってもいいんだけどな」

会社に泊まりたいはずがない。それは他の社員も同じなのか、皆いっせいに仕事を片づけ始めた。

舟も今日中に済ませておきたい仕事のみを終わらせ、さっさと会社を後にする。

マンションの最寄り駅に降り立つと、本格的な土砂降りになっていた。

「最悪」

「ほんっとなー」

駅の屋根下で呟《つぶや》いた不機嫌な声に、反応が返ってくる。

「うわっ⁉　お、驚かさないでよ！　最近なんかずっと変な視線感じると思ってたけど、西平のせいだったの？」

　舟を驚かせた張本人である西平は、視線のほうには心当たりがなかったようで、まったく悪びれない様子で笑った。

「えー？　それって、俺？　まぁ……悪い悪い。まさか、そんなに驚くなんて思わなくてさ。ところで、戸松、傘持ってる？」

「持ってはいるけど、折りたたみだし、この強風だと壊れる」

　駅から急ぎ足で出ていく人は、雨と風に傘を煽《あお》られるのを我慢しながら歩いているか、潔《いさぎよ》く傘を差さずに走っているかの二種類だ。

「よし、走ろう！」

　家までそう遠くない。どうせこの雨では傘を差していても濡れるだろう。

　舟は鞄を持ち直して走り出した。

「え⁉　ちょ、ちょっと待って！」

　舟につられて、西平も走り出す。

　そして舟の頭にぼすっと何かが被せられた。

「それ被っときな！」

　豪雨に負けない音量で彼が叫ぶ。

　舟の頭にあるのは、西平が着ていたスーツの上着だ。こういったことをサラリとやってのける西平はずるいし、さすがとも思う。

一緒にいるのが舟でなかったとしても、彼は同じことをしただろう。

上着を突っ返すわけにもいかず、頭に被ったまま舟はマンションへ急いだ。びしょ濡れになりながらエントランスに滑り込む。

「はっ、はっ……」

心臓がばくばくと鳴っていた。いかに日頃運動をしていないのかわかる。

「はー、久しぶりに全力で走ったなぁ、息切れしまくってる」

そういう西平は言葉とは裏腹に平気な顔をしていた。舟が地面に置いてしまった鞄をそっと持ち上げる。

「家の前まで持つよ。ふらっふらだし、帰ったら風呂入って身体温めたほうがいいなー」

「う……ん……」

返事すら億劫《おっくう》だ。

舟は重い足をなんとか動かしてエレベーターに乗り、部屋の前まで移動した。

「鞄、ありがとう」

「これぐらい全然平気だよ」

西平から鞄を受け取り、いつも鍵を入れている内ポケットに手を入れる。ところが、それらしき物がなかった。

内ポケットから落ちてしまったのかと鞄の中をがさごそと探すものの見つからない。

「戸松？」

「え⁉　なんで、鍵がない！」

さぁっと血の気が引く。

舟は泣きそうになった。

おまけに雨に打たれたせいで寒い。唇がふるふると震える。

「戸松、とりあえず俺の家入れ。鞄ひっくり返したら出てくるかもしれない」

このまま突っ立っていても仕方がないと、舟は促《うなが》されるままに西平の家へ足を踏み入れた。

西平は脱衣所からタオルを持ってきて、呆然としている舟の頭を拭いてくれる。

「やっぱり傘差したほうがよかったかもな」

「そう、かも。ごめん、ジャケットびしょ濡れにして」

「乾かせばいいし、そろそろクリーニング出そうと思ってたし」

西平の優しさが、今の舟には苦しい。

急いで「鞄の中広げるね」と言って、玄関先に鞄の中身を全部出した。

それでもやはり見当たらない。どこか外で落としたのだろうが、心当たりはなかった。

「どうしよう」

「管理人に電話してみるよ」

パニックを起こして頭がぐちゃぐちゃになってしまった舟に代わり、西平が管理人に電話してくれることとなった。

舟は玄関先に座り込み、管理人と連絡が取れなかったらどうしようかと不安に震える。

ふと、毛が見えた。

「んなー」

「……猫？」

リンが鳴きながら寄ってきて、舟の腕に身体を押し付けた。しっぽがくすぐったい。

「戸松。今日はもうマンションに戻ってこれないって。明日の朝六時に当番の管理人が来て、管理人室の拾得物を確認してくれるそうだよ」

「そっかぁ……」

この台風の中、漫画喫茶を探すか、駅前のホテルを借りるかの二択だ。舟はリンの身体を撫でつつため息をつく。

不意に西平が口を開いた。

「――戸松が平気なら、うち泊まる？」

「は？」

「もちろん、手は出さないから安心してー」

「いやいや。これ以上、迷惑かけるわけにはいかないから」

「外見たか？　すごい強風でいろんなものが飛んでるし、危ないのにほっとけない」

西平はそっと手を伸ばし、舟の頭を撫でた。そこには純粋な優しさだけがあるように感じる。

けれど、相手は自分に告白をしてきた相手だ。信用してはいけないし、何よりこれ以上甘えるのは気が引ける。

そう思っているのに、なぜかこれはいい機会なのだとも感じた。彼に断るチャンスだと。

今は身体も頭を熱くなっていて、まともに思考が働いてないからだろうか。

舟は西平の提案を受け入れようかと迷ってしまう。

「それと、な。あー、その格好で外出るのも心配……です」

西平は視線をそらしながら、舟を指さす。舟はどういうことなのかと指でさされた胸元に視線をやった。

「あっ……」

雨に濡れたシャツがぴったりと肌に貼りつき、身体のラインを露《あら》わにしている。白いシャツにキャミソールという薄手の夏服のせいだ。

「それでホテルや漫画喫茶とか行ったら、注目されるしさ」

西平が困ったような表情で、頬をぽりぽりとかいている。

「よし、今から風呂にお湯をはってくるから、戸松はとりあえず身体温めろ。んで、申し訳ないんだけど、俺の服で我慢してくれ」

舟が返事をする前に、西平は風呂場に向かってしまった。

仕方なく舟はストッキングを脱いで足を拭き、リビングに移動する。

外を見ると、激しい雨が窓を強く叩いていた。

ますます外へ行く気が失せる。

舟の足元で寛《くつろ》いでいたリンが、しなやかな動きでキャットタワーを上った。一番上まで辿りつき、そこに丸まってこちらを見ている。

「可愛いね」

「みゃ」

まるで「当たり前」とでも言っているようだ。舟は思わずスマホで写真を撮って待ち受けにしてしまった。

「戸松、風呂沸いた。先入りなー」

「西平が先に入って。借りる身で先になんてできない」

「あのなー、女子は身体冷やすと大変だろ。男はこんぐらい平気なんで戸松が先。家主命令な、これ」

「……もう」

舟は呆れながらも笑ってしまった。正直、彼の申し出はとても助かる。

西平に背中をぐいぐい押され、舟は脱衣所に放り込まれた。

そこには西平の服が入っているものとは別の籠《かご》がある。どうやら濡れた服を入れろということらしい。一緒にスウェットとタオルも置いてあった。

こんな時でも西平は気遣いを忘れない。

けれど、シャツを脱ごうとボタンに手をかけた瞬間、舟は必要なものを思い出した。

結局そのまま、リビングに戻る。

「戸松？　どうした？」

「コンビニ行ってくる」

「は？　すぐそことはいえ、台風の中わざわざ行かなくても。どうしても必要なものがあるなら、俺買ってくるけど」

「いや、私に行かせて」

欲しいのは下着だ。一日穿《は》いた下着をもう一度穿《は》くのは嫌だった。

西平は心配だと説得してくる。

「女性的理由です……」

「……すまん」

舟がうなるように呟《つぶや》くと、西平は謝った。

「なら俺も行く。食う物ないし、デリバリーも無理だしさ。ビニール傘差していこう。その前に」

西平はびしょ濡れのままのジャケットを舟の肩にかけた。

「一応、それ羽織《はお》っていって」

確かにシャツが肌に貼りついた状態で外に出たくはない。舟はありがたく西平のジャケットに袖を通す。

それを見た西平はなぜか眉間に皺《しわ》を少しだけ寄せた。

「西平?」

「あ、いや、行こう!」

彼はさっさと靴をはき、傘を手にして笑う。舟も自然と笑い返した。

マンションのすぐ近くにあるコンビニで下着と化粧落とし、飲み物を購入する。

西平もいろいろと買ったようだ。

マンションに戻り、舟は今度こそゆっくりと風呂に入った。

湯船に浸《つ》かると、ほっとしたのか、頭痛がしてくる。

「あったま痛い……」

こめかみをぐりぐりと指の先で揉んでみるが効果は薄い。本当に西平が部屋に泊めてくれて助かった。

舟は風呂から上がり、髪の毛をタオルで拭きながらリビングへ出た。

西平はリンと戯《たわむ》れている。彼が猫じゃらしを上下に動かすと、それに合わせてリンが前足をぱんぱんと叩いていた。

「お風呂ありがとう」

「お、どういたしま、して……」

西平は振り返ったポーズでなぜか固まった。ゆっくりと自分の手で顔を覆《おお》い、視線を背ける。しばらくして気を取り直したのか、舟の前まで移動した。

「やっぱり、俺のだと大きかったな」

「あー、そうだね。ぶかぶか」

舟が袖をぶらぶらさせると、彼は天井を仰ぐ。

「さっきといい、今といい、これはなかなかの破壊力……」

「にーしひらー？」

「はっ、悪い！　俺も入ってくる」

西平は持っていた猫じゃらしを舟に渡し、風呂場へ去っていった。

なんなの、一体？

「んなー、んなー」

気づくと、リンが足元で爪を立てて何かを訴えている。どうやら遊んでほしいらしい。

相変わらず頭痛は続いていたものの、舟は猫じゃらしを揺らしてやった。

そんなふうにリンと遊んでいると、西平が髪の毛を拭きながら戻ってくる。

「あ、悪い。ドライヤー渡してなかったな」

「借してくれるの？」

「ああ。ちょっと待ってて」

西平がドライヤーを手にすると、リンはすぐさまキャットタワーに上っていった。ドライヤーが嫌いなのかもしれない。

「ありがとう」

ぼうっとしたままドライヤーを受け取り、髪の毛を乾かす。

ベランダに視線をやると、先ほどよりも一層雨がひどくなっていた。遠くからゴロゴロと嫌な音が聞こえてくる。

雷が楽しかったのは小学生くらいまでだ。いつの間にか、怖いと思うようになっていた。妹と弟が自分以上に怖がるので、怖がってばかりもいられなかったが。

懐かしいと、小さく笑みが零れる。

ふと気づけば西平がいなかった。どうやらコーヒーを淹《い》れにキッチンに向かったようだ。姿は見えないが、音が耳に入ってくる。

誰かが近くにいると思うと、不思議に落ち着いてきた。

舟は、重くなる一方の頭を抱え、瞼《まぶた》を閉じてまどろみ始めた。

＊　＊　＊

「戸松？」

「ん……」

――誰かが名前を呼んでいる。

うまく意識が覚醒しない。ぼんやりとした状態のまま、舟はとろんとした瞳を自分の名を呼ぶ人に向けた。

相手の顔がよく見えない。でも、輪郭《りんかく》がなんとなく停電の時の男性に似ているように思う。

彼は何かしゃべっているみたいだけれど、何を言っているのかはわからなかった。

自分の隣に座り、こちらをじっと見つめる視線を感じる。かすかにあの日に感じた彼の香りがした。

――やっぱりあの時の、あの人だ。やっと会えた。

舟は人生で一番の笑みを浮かべた。

「……っ、と、まつ。そんな煽《あお》るように笑わないで」

なぜ笑ってはいけないのだろう。自分の笑顔が人を不快にしてしまうとでもいうのだろうか。

そんなことを考えていると、突然一筋の閃光《せんこう》が走り、続いて威嚇《いかく》的な轟音《ごうおん》が響く。

「きゃあっ！」

身体が飛び跳ね、思わず彼に抱きついてしまった。部屋で寝ていた猫も驚いたように「にゃーー！」と鳴き、ソファーの下に引きこもってしまう。

彼も西平と同じで猫を飼っているらしい――

そう、舟は目の前の男性を停電の時の人だと思い込んでいた。

視線を上げれば彼と目が合う。思っていた以上に距離が近い。

ぽすんと彼の胸元に頭を預けると、腰をぐっと掴まれ抱き寄せられた。

「手を出さないって言ったの、撤回してもいい？」

果たして彼といつそんな約束をしたのだろうか。まったく思い出せない。

無言を肯定と捉えたのか、男性の柔らかい唇が舟の唇に触れた。

それはとても冷たく、彼の緊張が伝わってきた。

無意識にその唇を温めなければと、啄《ついば》む。

「っつ！」

彼が息を呑み、次の瞬間貪《むさぼ》るような口づけをされた。

「んんっ」

何度も厚い舌がぬるりと唇を舐める。それだけで、全身が熱く火照《ほて》った。

こういった行為は久しぶりだ。

口づけも、他人の体温も。

彼は眉間に皺《しわ》を寄せ、どこか切羽詰《せっぱつ》まったような顔をしていた。

唇が離れて、彼の手が舟の頬を包む。

鼻と鼻と擦り合わせる、むずむずするぐらい甘い仕草。

触れるだけの唇が頬をかすめ、こめかみへと辿りついた。乾かしたばかりの髪の毛をかき上げられると、胸が痛いぐらいに激しく動く。

「あっち、行こう」

名残惜《なごりお》しそうに言いながら、彼は舟の両手を取って立ち上がらせた。舟はふらつく足取りでついていく。

ソファーからベッドに移り、彼はリビングに向かって何か呟《つぶや》いてから扉を閉めた。

舟を抱き込むように後ろに座り、ぽすんと舟の肩に首を預ける。そして、鼻をすんっと鳴らした。

「俺と違う匂い」

「コンビニのシャンプー使ったからかなぁ？」

「ふぅん」

彼はなぜかつまらなそうに相槌《あいづち》を打った。

舟の身体を抱き込み、ぐりぐりと肩に顔を押し付ける。

「ひあっ」

肩をぺろりと舐められ、驚いた舟は高い声を上げてしまう。

首筋にちゅっ、ちゅっ、と口づけを落としながら、彼はスウェットの中に手を差し込んだ。舟のお腹をゆるりと撫で上げる。

「ふ、んっ」

「お腹、触れただけだよ」

「わかってる……」

ひんやりとした手が熱いお腹に触れて、気持ちがいい。

その手は上へ伸びていき、下着越しに胸をぐにっと揉んだ。

「下着つけてる」

「普段はつけない、けどっ、んっ！　ねぇ、脱がすならちゃんと脱がして」

肌と下着の間に指を差し込んでは抜くを繰り返され、じれったい。

彼は息だけで笑い、背中のホックを外した。

下着の代わりに熱い手が胸を覆《おお》い、ぐにぐにと揉みしだく。巨乳でも貧乳でもない普通の大きさの胸だが、お気に召したらしい。

優しく焦《じ》らすように弄《いじ》られる。頂《いただき》には触れずにその周りばかりを揉んだり擦ったりされ、我慢できずに舟の口から熱い息が漏れた。

「んぁ、あん」

痛いぐらいに尖り出した頂《いただき》に触れてほしくて、強請《ねだ》るように身体を動かす。

それでも、彼は気づいていないのか、気づかないふりをしているのか、触ってくれない。

「こっち座って」

枕元に導かれた。

彼の目の奥に灯る劣情に、舟の喉が鳴る。

「ばんざいして」

「ばんざい？」

舟が両腕を上げると、すぽっとスウェットを脱がされ下着も取られた。なんという早業《はやわざ》なのだろうか。

自分の服も投げ捨て、彼が圧《の》し掛《か》かってくる。

数年恋人がいなかったため、処理が中途半端になっていないか心配になる。せっかく停電の男性とこうしているのだから、万全な状態でいたかったのに。

不意にやめたい衝動に駆られる。

「あ、の……?」

息を乱しながら話しかけるも、彼は舟の身体に口づけを落とすのに夢中のようで止まらない。先ほどまで一切触れてくれなかった胸の頂《いただき》を咥《くわ》え込まれた。

「ひぁあっ⁉ あんっ」

意識をそらしていたためか、大きな声が出てしまった。慌てて指を噛みながら耐える。

やがて、ちゅぽっと音を立てて離れた唇。

獲物を追い詰める肉食動物のような瞳をした彼が、舌舐めずりをした。

ぞくりと腰に響く。

自分の胸が彼の唾液でテラテラと濡れ光っているのが目に入る。あまりにも卑猥《ひわい》で頭がゆだるように熱くなった。

裸体を彼に晒《さら》しているのだ。

だが、プロポーションに自信などない。

こんなふうにじっくりと見られると羞恥心《しゅうちしん》で居た堪《たま》れなくなった。

「あんまり、見ないで」

「なんで? すっげぇ綺麗。興奮する」

彼が笑いながら舟の手を取り、指先に口づける。

「熱いな。戸松も興奮してるの？」

「し、らない」

「ならこっちに聞いてみよっか」

彼の手が下腹部に向かい、秘所に触れた。そこからぐちゅっと淫猥《いんわい》な音が漏れる。

自分の興奮が相手に伝わってしまい、恥ずかしくて逃げ出したくなった。

彼が舟の両脚を広げ、愛液が滴《したた》るそこに視線を向ける。

「やだぁ、っそんな見ないでってば」

「無理、本当無理。だって、俺の愛撫でこんなに濡れてるとか、嬉しい以外に何があんの？」

それはもう平然とした口調だった。言い返そうと口を開く前に、男らしい指が秘所に触れ、何も言葉が浮かばなくなる。

ますます頭が熱くなり、全身から汗が噴き出して、何も考えられない。

彼がうまいのか、相性がいいのかは知らない。わかっているのは、この先には戻れなくなるほどの快楽が待っているということだ。

彼が秘所をべろりと舐めた。まさか、そんなことをされるとは予想しておらず、舟は慌てて起き上がろうとする。けれど両脚を抱え込まれ、倒されてしまった。

「あぁあ、あ、あっ、あんっ、あ」

熱い舌が媚肉をかき分けて内へと入り込んでくる。

ぬちゅぬちゅと舌が抽挿を繰り返し、彼の指は赤くぷっくりと膨れた花芯を押す。

「あぁあっ、駄目、やっ、駄目ぇっ」

いやいやと頭を横に振ってみたが、愛撫は止まらない。むしろ、より激しくなっていく。

足先から快楽が駆け上がり、彼が花芯を舌で扱《しご》き強く吸い上げた瞬間、目の前がちかちかと光った。

「あぁあああっ！」

全身に愉悦が巡る。

狭いベッドの上で身体を脱力させ、舟の意識はずるずると底に引きずり込まれていく。

のぼせるように熱かった頭が壊れるほど痛い。舟は短く息を吐いた。

「……戸松？　え？　ちょっと待って」

彼の情けなさげな声が聞こえてくるが、反応を返すことができなかった。

「どこか調子悪いの？　つらそうってか、……熱あるし！」

彼の声が頭にガンガンと響いた。彼はバタバタとベッドから下りて、部屋を出ていく。

舟はそこで意識を手放した。

＊　＊　＊

——目が覚めた。

頭も瞼《まぶた》も重く起き上がりたくない衝動に駆られるが、今日も会社があるのでそうはいかない。

もそもそと身体をねじり、瞼《まぶた》を開くと目の前に人の顔があった。

寝ぼけた頭が「そうだ、西平のところに泊まったんだった」と思い出す。

西平はぐっすり眠っていて、起きそうにない。

舟は昨夜の痴態を思い出し、ガバッと起き上がる。額《ひたい》から小さなタオルが落ちた。乾ききっていないそれを手に取る。

どうやら熱を出してしまった舟のために、西平が水で濡らしたタオルを用意してくれたらしい。

「……最悪だ」

小さな声で呟《つぶや》いた。

熱を出して西平に迷惑をかけた上に、行為に及んでしまった。

身体に違和感がないから最後まではしていないのだろうが、今さら人違いをしていましたとは言えない。

舟はぐしゃりと前髪を握り潰し、ベッドから下りた。

頭は重いがそんなことに構ってはいられない。急いでスウェットを脱ぎ、昨日着ていた服に着替えた。

昨日、西平が閉めていたはずの扉は開け放たれており、すぐにリンが「んなー」と足元にすり寄ってくる。あの後、西平が開けたのかもしれない。

リンは朝ご飯の催促《さいそく》をしているようだ。

舟はしゃがんで、その頭を撫でた。

「ごめんね。私じゃわからないの。私が出ていったら西平を起こしてあげて」

「にゃ」

まるで舟の言葉が理解できたような返事だ。「いい子」ともう一度リンの頭を撫でてやってから、舟はすっぴんのまま外に出た。

「あつっ」

まだ朝方の六時だというのに、気温が高い。空はすっかり晴れわたっていた。

舟は管理人に連絡を入れる。すると管理人は、舟が落とした鍵を持っていると言った。

どうやら昨日の朝九時頃に、掃除をしていた当番の管理人が舟の部屋の前で拾ったらしく、管理人室で預かっていてくれていたようだ。台風の影響ですぐに渡せなかったことを謝罪された。

管理人は気になるようであれば、鍵を取り換えようかと申し出た。ただし、費用は舟持ちだ。

朝出がけに落として午前中に拾われたのであれば、誰かが持ち去って戻したということはないだろう。

お金もないことだし、舟はチェーンをかけることにして、そのままにした。

自分の部屋に入り、昨夜のことを思い出し頭を抱える。

熱のせいとはいえ、なんということをしてしまったのだろうか。

いくらなんでも、あなたの気持ちには応えられません、先日のは相手を勘違いしていたんですなどと、口にできる度胸はない。

けれど、言わないわけにはいかないのだ。

いろいろなことが頭を巡り、頭痛が増す。ぷすぷすと煙が出てきそうだ。

「とりあえず、頭を冷やそう」

西平は嫌いだと散々のたまっていたくせに、いざ傷つけるのは躊躇《ためら》うなんて、自分が悪者になるのが嫌なだけに違いない。

ため息をつきながら出社の準備を始めた。

食事をする気にはなれないが、どうにかバナナを食べ市販薬を口の中に放り込んだ。

マスクをして出勤したものの、午後には体調がさらに悪化した。デスクに座ったままぼんやりとパソコンを見つめる。

上司に報告して帰りたいが、肝心の上司が席にいない。

ふらふらしていると、どこからともなく西平が現れ、駆け寄ってきた。

「戸松っ！」

「ごめん。頭に響く……」

正直、合わせる顔がない。けれど会社の中で変な態度を取るわけにはいかなかった。

「あぁ、悪い。てかさ、昨日より体調悪くなってないか？　今日は帰れよ」

「そうしたいんだけど、課長がいないんだよね……」

目をそらしたまま返事をすると、西平は辺りを見渡し、わざとらしい大声を出した。

「戸松どうしたんだよー！　体調悪いのか？　顔色すっごい悪いぞ」

「は……？」

彼の声に反応した数人がこちらに視線を向けてくる。舟の体調が悪いのを知ると、帰ったらと勧めてくれた。

課長は会議中のようで、戻り次第説明しておいてくれるという。

舟は大人しく従うことにした。

鞄を持って席を立つと、心配した西平が後をついてくる。

気まずい。気まずすぎて走りたい。

「今日帰り寄るから。欲しいのなんかあったら連絡してな」

それはもう、どうしようもないほど心配してくれているみたいだ。

西平からすれば、舟が彼の告白に応えたように思えたはずだ。

だからこんなにも優しい。

舟は申し訳なくて身体を縮める。そんな舟の薄い反応も体調が悪いからだろうと、西平は駅まで見送りにきた。

ぐるぐると悩みながらマンションに帰り、鍵を締めチェーンをかけて洗面所に向かう。

そして化粧を落として着替えを済ませると、ベッドに潜《もぐ》り込んだ。シーツは柔らかくて冷たい。

安堵《あんど》しながら、丸まった。

瞼《まぶた》を閉じて息を吐き出す。

全身、熱くて節々が痛い。西平のこともあり、気持ちはどんどん下降していく。

いつの間にか深く眠ってしまっていたようで、気づくと夜の六時をまわっていた。

スマホには美玖と西平から連絡が来ている。

同期全員で連絡先は交換していたが、西平から連絡が来るのは初めてだ。

美玖にはすぐに心配ないと返す。そして、西平からの連絡にはなんと返そうか悩む。彼は必要なものを買っていくから連絡してほしいと書いてきていた。けれど、そこまでしてもらうわけにはいかない。

結局、舟は【何も思いつかないから、大丈夫。ありがとう】とだけ送った。

たったこれだけの文章を打つのに五分以上かかってしまった。どう言えばうまく相手に自分の気持ちが伝わるのかが、わからない。

彼に申し訳なさすぎて、今までのような態度がとれないでいる。

段々と自分の感情すらわからなくなってきた。

停電の時の男性に憧れているのに、西平に真実を告げるのを嫌がっているだなんて――

西平にメールをしてから十分後、玄関のインターホンが何度も鳴った。

舟はベッドから下りて、チェーンをかけたまま扉を開ける。

「あ、いたー。全然出てこないから倒れてるのかと思った」

「西平？」

「うん、いろいろ買ってきた」

彼はにっこり笑う。手にはいろいろと入っているらしい袋が二つ。

「入っても平気？」

「え、あ、どうぞ」

思わずチェーンを外し、西平を招き入れてしまった。

何をやっているのだと反省するものの、彼はすでに部屋に上がり込み、鼻歌を歌いながら買ってきたものをリビングのテーブルに出している。

「薬は買ってきてないんだけどさ。額《ひたい》を冷やすシート買ってきた。貼る？　貼ろう」

「強制なの!?」

叫んだ自分の声が頭に響く。舟はうなりながらこめかみをぐりぐりと押した。

西平の大きな掌《てのひら》が額《ひたい》に当たる。改めて、男の手だと思った。

べたっと額《ひたい》にシートを貼られ、その冷たさに身体の力が抜ける。

こんなことをしている場合ではない。きちんと彼に伝えなければ。

「あ……、あの、西平……」

だが、言わなければと思っていた言葉が出てこない。

「何？　キッチン借りるよー」

「え、西平、料理できるの？」

肝心なことは話せないくせに、突っ込みだけは入れられた。

「一応。一人暮らし長いし。おかゆ？　おじや？　雑炊？　ぐらいなら作れる。ねーちゃんに好評なんだよねー。てか、おかゆの定義っていまいち俺わかんないや」

「おかゆはお米を水分多めで炊くってことしか私も知らない」

「うまけりゃ、なんでもいいよなー」

西平は袋からネギと梅干し、レトルトのご飯を取り出した。どうやら材料を全て買ってきてくれたようだ。

無造作に上着を椅子の背もたれにかけ、シャツを腕まくりして食事を作り出す。その手つきは少し危なっかしい。

「卵あるー?」

「冷蔵庫の右側にあるよ」

舟は西平の後ろ姿を黙って見つめた。

彼は優しい。とても優しい。

何もいらないと言ったのに、舟に必要そうなものを買ってきたあげく、おかゆなのかおじやなのかわからないが、夕飯を作ってくれる。

それに対して、自分は最低だ。

昨晩のことは間違いだ、自分には別に好きな人がいる、と告げたらさすがの西平も舟を許さないかもしれない。

それはなんだか嫌だ。

さらに彼の傷ついた顔を見るのはもっと嫌だ。

ぼーっとしていると、いつの間にか夕飯が出来上がったらしく、彼に肩をぽんぽんっと叩かれた。

「眠いかもしれないけど、おじや？　作ったから食べて。帰ってから薬は呑んだ？」

西平の質問にふるふると首を横に振り、作ってもらったおじやを口の中に放り込んだ。

卵とネギと梅干しのシンプルなものだが、熱くて、美味しい。

舟は半分ほどお腹に収めて、薬を呑んだ。

「後は、眠って回復だな。明日も調子悪そうなら、休めよ？」

「……ありがとう。何から何まで」

「俺としては、弱ってる戸松が見られて役得って感じ。好きな人の世話がしたいのって、女だけの心理じゃないんだよなー」

西平は目尻を下げて柔らかい笑みを浮かべる。

「……馬鹿」

返す言葉が見つからない。

仕方なく、話題を変えた。

「西平、お姉さんいるんだね」

「ねーちゃんっていうか、女王さまって感じだけど。基本的に弟なんてパシリみたいなもんだよ」

「パシリって久しぶりに聞いた」

自分を愛おしそうに見つめる西平の顔を真っ直ぐ見ることができない。このままではお互い傷が広がるばかりだ。

舟は深く息をはいて覚悟を決めた。

「あの、西平……」

「ん？　あ、もう寝るよな？　長居してごめん。俺も部屋戻るから、戸松もベッド行きな。でも、心配だしチェーンだけはかけて」

「いや、ちがっ」

そんな話をしたいのではないと言いたかったのだが、西平はジャケットを手に出ていってしまった。

舟は自分の情けなさに肩を落とす。

だが、今日は体調が悪く、頑張ってもうまく話せなかったかもしれない。

そんなことを考え、また自己嫌悪に陥《おちい》りながら、舟はチェーンをかけ、ベッドに潜《もぐ》り込んだ。

「起きた……」

翌朝六時。ぼそりと呟《つぶや》いて、身体をぐっと伸ばす。

気持ちはともかく、体調は回復していた。

舟は通常通り出社して、課長に昨日のことを謝罪する。きちんと連絡がされていたため、すぐに業務に復帰できた。

足立に話しかけられる。

「戸松さん、例の商品開発なんですけど、順調に進んでいるみたいで、一度見にきてほしいって連絡ありましたよぉ」

「ありがとう、連絡してみる」

舟が落ちたプレゼンは同僚の企画が通り、そろそろ具体的な商品化にさしかかっていた。舟は企画者と一緒にそれを確認することになっている。

自分の企画ではないが、いいものに仕上げたい。

そのためにも、いつまでもこんな中途半端な気分でいるわけにはいかなかった。

一日仕事をこなし、会社を出てから西平に連絡を入れる。

【ご飯しよ】

すると、すぐにスマホが鳴った。

「もしもし?」

『戸松、今どの辺?』

かけてきたのは、西平だ。焦《あせ》っているような早口で問う。

「会社を出て、駅に向かってるところ」

『なら、駅前で待っててー！　すぐ行くから』

そう耳に響く大きさで言うと、切れてしまった。

駅前に立っていると、ほどなくして西平が姿を現す。

「戸松！」

片手を振りながら走る姿は、どこからどう見ても飼い主を見つけた犬だ。嬉しそうにしている彼を見ると、舟の胸が痛んだ。

「お待たせ」

「そんなに待ってないよ。わざわざ走らなくてもよかったのに」

西平はにこにこと笑みを浮かべる。

舟はマンションの近くの商店街にある店に誘った。家族連れやおじさんがわいわいと食事をしている食事処《しょくじどころ》だ。

「いらっしゃい」

「二人、平気ですか？」

「はいはい、そこの左奥空いてるわよー」

指定された場所に腰を下ろし、メニュー表を広げる。

「こんなところに、こんな店あったんだな」

「安いし、女の人も多いから安心できるの。一人でも変に絡まれたりしないしね」

舟は自分のおすすめの品を何品かと、西平が食べたいと言った品を頼んだ。生ビールとウーロン茶で乾杯する。

「戸松病み上がりだろ？　飯平気なの？」

「うん。体調よくなったら、ここのほっけが食べたくなったの。さすがにお酒は飲まないよ。念のために薬も呑むし」

「そっか、よくなったんなら安心した」

さあ話そうと思ったものの、せっかくの食事がまずくなるような話題は避けたいと考え始める。舟はそうして、問題を後回しにした。

焼き立てほくほくのほっけと新鮮な生魚を食べて、何も言えないまま食事処《しょくじどころ》を出る。

「今度からは俺に奢《おご》らせて」

「今日は昨日いろいろしてもらったお礼なの。西平に払ってもらうなんて変でしょ？」

そもそも今回が最初で最後だ。

「本当に気にしないで、ね」

「それでも！　俺の気が収まらないから。これ決定事項」

舟は彼の言葉に自嘲する。

夏の夜は九時を過ぎても、蒸し暑い。

息苦しくなった舟は、ふと停電の人を思い出した。

結局、あの人とは一度も会えていない。

憧れの気持ちがどんどん膨れ上がっているだけかもしれない状態で、本当に西平の手を離してしまっていいのだろうか。

ぐだぐだとそんなことを考えていると、また誰かの視線を感じた。

舟はバッと振り返る。

「戸松？」

「え、あ、ごめん。なんか視線を感じた」

「……ちょっと見てくる」

「いいって！　気のせいだろうし」

西平はしきりに後ろを確認する。

舟は西平の手を取り「さっさと歩いて」と引っ張った。その拍子に彼からスパイシーで甘い香りが漂《ただよ》ってくる。

そういえば、この香りは彼のものと同じだ。

「……西平って香水つけてるの？」

「そうだけど……。もしかしてくさい⁉　くさくない程度にしてるつもりなんだけど」

「ううん。ちょうどいいと思う」

西平が自分の香りをくんくんとかぐ。

それを見ながら、舟はあることに気がついた。

西平と停電の男性には類似点がいくつもある。

同じ香り、似たような背格好。そして声――

舟は心臓がぎゅうっと握られたような感覚を覚えた。

本人に確認すればいいのだが、なぜか躊躇《ためら》ってしまう。

舟は口を開きかけて、また閉じる。

彼が西平だったとしたらどうだというのか。嬉しいのか、嫌なのか。逆に西平でなかったとしたら、落胆するのか。

舟は混乱したままマンションまで帰り、部屋の前で西平と別れた。

「ん……？」

部屋に入った瞬間、違和感を覚える。

けれど、どこにもおかしなところはない。

きっと体調不良と西平のことがあわさって、変に神経が過敏になっているのだ。

気のせいだと判断して、舟は気にするのをやめた。

着替えを済ませて、ベランダに出る。

夜の音を聞きながら、結局、今日も西平に言い出せなかったことに落ち込む。

意気地のない自分にため息をついて戸締まりを済ませ、眠りについた。

第四章　大暑《たいしょ》

七月も下旬を過ぎた。

舟は結局、西平に何も告げられず、彼から何も言ってこないことをいいことに宙ぶらりんな関係を続けていた。どうにかして話さなければと思うものの、いざとなると尻込みしてしまうのだ。

停電の人と西平の類似性も気になる。

そんなことを考えていた、ある土曜日。買い物の途中で、ペットショップが目に入った。

リンに何かおもちゃを買ってあげたい衝動に駆られる。

これ以上、西平に近づくのはいかがなものかとは思うが、リンにはたくさんの癒《い》やしを貰《もら》ったのだ。そのお礼をしたいと自分に言い訳をする。

三十分以上悩んだ末に、舟は鈴が鳴る硬いボールを買った。マンションに戻り、自分の部屋に入る前に西平の部屋のインターホンを鳴らす。

「はーい。戸松、どうした？」

「リンにおもちゃ買ったから、渡そうと思って」

「え、それなら上がっていきなよ。リンも遊んでもらいたがってるし」

「……なら、荷物置いてくる」

舟は自分の部屋の冷蔵庫に生ものをしまいながら、ふと考える。

この間買ったプリンが二つ残っていたはずだ。それを持っていこうとしたが、一つしか残っていない。

「あれ？　私一個食べたのかな？」

ゴミ箱を見てみると、確かに食べた形跡があった。無意識に体調が悪い時に食べたのだろうか。

どれだけ食い意地が張っているのだと、自分に呆れてしまう。

結局リンへのお土産《みやげ》だけを手に、西平の部屋に向かった。

「リンー、おもちゃだよー」

丸いボールを前に出して左右に振ると、リンの目と首が動く。

「行くよー」

そう言いながらぽいっと部屋の隅に投げると、リンは勢いよくボールに向かって走り出した。戦うようにボールを前足で弾き飛ばして遊んでいる。

その様子の写真をスマホに収めていると、西平がコーヒーを淹《い》れてくれた。

「ありがとう」

「いや、こっちこそリンにおもちゃ買ってきてくれてありがとう」

今が断るチャンスだとわかっている。

けれど、笑顔の西平に「ごめん」の言葉を告げることができない。ここまで来ると、そもそも断る気があるのか、我ながら疑問だ。

「おもちゃは渡したし、帰るね」

「ええ⁉　なんで？」

急いで西平の部屋を出た。

自分の部屋のドアの鍵穴に鍵を差し込み、ノブを引っ張る。けれどなぜかガチャンと音がして扉が開かない。

「え？」

もう一度ドアノブを引っ張ったが、結果は同じで閉まっていた。確かに今鍵を差し込んで回したはずなのに。

ということは、玄関の扉が開いていたということだ。

舟の顔から血の気が引いた。ドアノブにかかっている自分の手が震えているのがわかる。

後ろから舟を追いかけてきていた西平が、顔を覗き込んできた。

「戸松？　どうした？」

「いや、あの、玄関の扉閉めたつもりだったんだけど、開いてて……。なんだろう……ちょっと怖い……って、ごめん。こんなこと言われても困るよね」

「何言ってんだよ。こういう時は頼ってくれないと」

西平はそう言うと、舟から鍵を受け取り代わりに扉を開けてくれる。

彼の背中越しに中を覗いてみるが、先ほどと特に変わった様子はない。

念のためにと西平が先に部屋の中に入った。クローゼットや風呂場など人が隠れられそうな場所を全て確認してくれる。

「ベランダの鍵も締まってる。問題なさそうだけど、鍵を締め忘れたってこと？」

「なの、かなぁ。鍵持って出てるし締めたと思ったんだけど。やった気になってそうじゃなかったってことかな」

「もし気になるなら、今日は俺の部屋で寝る？　俺がこっち来てもいいけどー？」

舟が深刻に呟《つぶや》いたからか、西平が少しわざとらしいふざけた口調で言った。

舟はそんな西平をうろんな目で見つめ「大丈夫」と答える。これに関しては、はっきりとさせない自分が悪いのはわかっているのだが。

「なーんだ。せっかく一緒に寝られるかと思ったのに」

「調子にのるんじゃない」

パシンッと背中を叩くと、西平は安心したように笑う。

「鍵はすんなり入ったしピッキングされた痕跡があるわけじゃないよ。でも、心配なら鍵を付け換えたほうがいいかもな」

西平のおかげで少し気分が落ち着いた。彼が隣に住んでいると思うと頼もしさを感じる。

その一方で、そんな調子のいいことを考えている自分が嫌だ。

とりあえず彼には部屋に戻ってもらい、舟は部屋の中をぐるぐると回りながら思案する。

どろどろとした悪寒《おかん》が背中にまとわりつく。

思わず自分をぎゅっと抱きしめた。

「念のため写真だけ撮っておこうかなぁ」

なんの効果があるかはわからないが、部屋中の写真を撮ることにした。

それから数日。洗濯物を畳んでいると、舟は違和感を覚えた。

「あれ？　そういえば、お気に入りの下着……」

先日洗濯したはずの下着がなぜか見当たらない。クローゼットの中も確認したが見つからなかった。

「なんか考えることが多すぎて、いろいろと不安になってるのかなぁ……」

舟はため息をつき、今度の休みに部屋中を掃除して確認しようと決めた。

けれど日に日に違和感が強くなる。

とうとう部屋に入ると、他人の香りがするようになった。買っておいた食材が見つからない日もある。

そんなある金曜日の夜、ベランダからガタッと音がした。

恐る恐る視線を向け、震える手でカーテンを開く。

「……っ、リン。はぁ」

ベランダにいたのはリンだった。

舟はほっとしてリンを抱き上げ、足の泥を拭いてやる。部屋の中で下ろすと、リンはテーブルの上に飛び乗って毛づくろいをした。

「驚かさないでよ。もぉ……」

舟はリンを連れて西平の部屋に向かう。インターホンを鳴らすと、いつかと同様、ガシャンと物を落とした音がする。

『はいっ？』

「んにゃっ」

インターホン越しにリンに返事をさせると、彼はすぐに出てきた。

「リンー。まったくもぉ……。戸松ありがとう」

彼は前髪をゴムで留めていた。動くたびにぴょこぴょこ揺れる姿は少し可愛い。

平和そうな彼の顔を見たからか、舟の口から安堵《あんど》のため息が漏れた。

「ありがとう。洗濯物入れてる時に出てっちゃったみたいで。あ、コーヒー淹《い》れるから入って」

「え、いいよ。別に」

舟が躊躇《ためら》うと、西平はさっと真剣な表情になる。

「いいから。顔色悪いし、話聞きたい」

どうして彼は、気づいてしまうのだろうか。

部屋に帰るのは怖かった。いくらなんでも舟の部屋は異常だ。

尻尾をゆらゆらと揺らしながら奥へ入っていくリンについて、舟は西平の部屋に入る。

ソファーに座ると、彼がコーヒーを渡してくれた。

西平は立ったままこちらを見ている。

男性に頼ったことなどない舟は、どう相談すればいいのかわからなかった。こんな時だけ縋《すが》りつくのは卑怯な気がして、努めて明るい声で話す。

「最近、もの忘れがひどくて……。部屋の中に違和感があるし、下着がなくなってる気がするん――」

〝――だよね〟と続くはずの言葉は、西平がコップを落とした音にかき消された。フローリングにコーヒーが広がっていく。

「ちょっ、ティッシュ！」

舟は慌てて置いてあった箱からティッシュを数枚引き抜き、零れたコーヒーの上に載せる。けれどその腕を西平に強く掴まれた。

「いっ……」

顔を上げると、彼は見たことがないほど怖い顔をしている。

「戸松、それは気のせいじゃない。本当になくなってるんだよね？」

「え、えぇっと……。いや、気のせいの可能性もある、んだけど。ないって勘違いすることが多いなぁって思いまして……はい」

「すぐに戸松の部屋に行こう」

「ま、待って！　先にコップとコーヒーを片付けないと」

「そんなことは後でいい」

「西平っ！」

西平に連れられるまま部屋に戻る。彼はじっと舟の部屋の中を観察し、何かを探した。

「ねぇ……」

「今のところ盗聴器やカメラみたいなのは見つからないけど。もしかしたら俺が気づけないだけかもしれない。そんなに知識があるわけじゃないし」

「とっ⁉　え、そこまでのことなの？」

「違和感を抱くほど下着が消えるなんてありえない。この間、部屋の鍵が開いていたことも考えると、無視することはできない。なんでもいいから証拠になりそうなものはない？」

言われて考える。

「あ、そうだ。この間から部屋の中の写真を撮ることにしてるの。特に違いはないように思えるんだけど」

舟は西平にスマホを手渡した。彼は写真と部屋の中を見比べ始める。

「――戸松、この写真を撮ってから、ここって動かした？」

「えっと、テレビの前？」

写真を覗き込んで、彼が指をさす場所を確認する。テレビの前にぬいぐるみを数体置いているが、ここ最近は触っていない。

「ううん、動かしてないよ」

「ここ、ぬいぐるみの角度が少し変わってる。あの辺に触れてもないんだろ？」

「……うん」

不安と恐怖で舟の息が乱れてくる。

「戸松、覚えてない？　最近この辺りに下着泥棒が出ること。あれまだ捕まってないいんだよ」

「……え、っと。それって……さぁ」

言葉の意味を理解するのに、数秒かかった。理解した途端に脚の力が抜け、ガタンと床に転んでしまう。

「戸松！　ごめん。不安を煽《あお》るような言い方をしたけど、下手すると犯人と家の中で出くわすかもしれないんだ」

「いや、実感があるわけでも……ないから……それほど怖くない……かも」

西平は優しく背中を撫で、舟を落ち着かせようとしてくれているらしかった。震える指先をそっと握りしめてくれる。それでやっと息ができた。

「大丈夫。今夜は俺の部屋に泊まればいい。いろいろと調べてみよう。もしかしたらどこかに片付けて、忘れてることだってあるかもしれないしさ」

「うん……」

「何があっても俺が傍にいる」

強く抱きしめられると、涙が出そうになった。

絶対的な安心感に包まれる。この瞬間、傍にいるのは停電の人ではなく西平だ。

彼が停電の人と同一人物なのかどうか、そんなことはどうでもいい。

西平は舟を自分の部屋につれていき、予備の布団を出した。舟をベッドに寝かせ、自分は布団に潜《もぐ》る。舟は自分が布団にと言ったのだが、西平に押し切られたのだ。

やっぱり彼は優しい――

こんな状況なのに、舟は安心して眠りについた。


翌日の土曜日。西平は朝早くから同期の友人である東郷達也《とうごうたつや》を呼び出した。

どうやら東郷は防犯関係に強いらしい。以前、彼の妹が悪質なストーカー被害に遭ったことをきっかけに詳しくなったと、西平が話してくれた。

東郷は不思議な道具を持ち込んで、舟の部屋の中を歩き回り、気になったものを一個ずつ確認していく。

舟はリンを抱きしめたまま、それを眺めた。

「でもさ、ピッキングの痕跡がないっておかしくね？」

「そうなんだよな。鍵……、ん？　鍵……」

西平がうなりながら頭をがしがしとかく。数秒ほどしてから、がばっと顔を上げ、舟を見た。

「戸松、台風の日。鍵落としたって言ってたよな」

「う、うん」

「あれって、結局どうしたんだ？　俺、聞いてなかった」

管理人が拾ってくれたので付け換えはしなかったと西平に説明する。

「その時か！」

「待ってよ。だって、鍵は部屋の前にあったっていうんだよ？　そしたら、マンションの人が犯人ってことになるじゃない。マンションの外で落としてたのを拾って移動させたんだったら、どうやって私の部屋を見つけたの？」

「戸松、鍵を落とす前に視線を感じてたって言っていただろ。下着泥棒が次の標的を戸松にしてたら？　その戸松が鍵を落としたのを見ていたとしたら？」

唇が震える。自分だけはそんな対象にならないと思っていたのに。

「西平、どうする？　盗聴器やカメラっぽいのはなさそうだけど」

東郷が西平に向かって問う。

「罠をはろう」

舟が会社に出る時には下着を入れている棚と玄関の扉の目立たないところにセロハンテープを貼っておくといいと、西平は提案した。開ければ剥《は》がれる。その形跡があるかないか確認しようというのだ。

それを実行することにし、ひとまずお開きとなる。

「東郷、わざわざありがとうね」

「俺はそんなに大したことはしてないよ。にしても、戸松と西平って隣同士だったんだな」

「あー、実はね。悪いんだけど、このことは会社では内密で」

「了解。ま、こんなこと誰にも話しはしないって。それじゃあ、また会社でな」

舟は西平と帰っていく東郷を見送った。


日曜日は西平がリンを連れて部屋に来てくれた。

舟はチェーンをかけているし、侵入者は部屋の住人が不在の時を狙っているようなので一人でも平気だと言ったのだが、心配だからと言いくるめられる。

「戸松。これ、家の合い鍵」

「合い鍵って、なんで……」

「俺が一緒にいられない時に、セロハンテープが剥《は》がされていたら、部屋には戻れないだろう？　下手をすれば鉢合わせする可能性がある。避難場所として俺の部屋を使ってほしい」

「でも……」

これだけ頼っておきながらも、西平に告白の返事をしていない自分が、合い鍵を貰《もら》う資格はない。そもそも断ろうと思っていたというのに。

けれど、もし本当のことを告げてもまだ彼が自分のことを好いていてくれるのなら、その手を取りたい。舟はそう思い始めていた。

「俺が心配だから、俺のために、頼む！」

「……わかった。ありがとう、西平」

舟が鍵を受け取ると、西平は照れたように頬をかき、続けてリンの身体をぐりぐりと撫でた。その力が強すぎたのか、リンがしゃーと鳴きながら西平の手の甲に爪を立てる。

「っつ。リンごめんー」

リンはふんっと顔を背け、日が当たる場所に移動して寝転がる。

「大丈夫？」

「平気、時々可愛がりすぎて怒られるんだ」

舟は消毒液を取り出して、傷ついた西平の手を取った。三本の赤い線が盛り上がっている。その凹凸《おうとつ》のある手の感触には覚えがあった。

停電の男性にあった傷に似ていると思ったのだ。

「……ねえ、二ヶ月ぐらい前にも怪我した？」

「ん、どうだろう？　よくあることだし、覚えてないや」

その傷に消毒液をかけて絆創膏《ばんそうこう》を貼る。

するとと、西平がある一点に視線を向けているのに気がついた。

「どうしたの？」

「あれ、誰かへのプレゼント？」

西平が指をさしたのは、停電の時に助けてくれた人へ買った煎餅《せんべい》とマグカップだった。結局渡せずじまいのそれはラッピングしたまま飾るように置かれ、煎餅《せんべい》は賞味期限が心配で一度新しいのを買い直してきている。

「そう。ある男性へのプレゼント」

そう言うと、西平の眉間に皺《しわ》が寄った。

「ある男性……」

西平の声は明らかに落ち込んでいた。

舟は彼が停電の時の男性ではないかと疑っていた。かまをかけてみたくなる。

「以前助けてくれた人へのお礼なの。誰だかわからなくて、買ったまままずっと渡せずにいるんだけどね。素敵な人だったから……」

「そうなんだ」

「うん。この辺一帯が大規模停電になった日のことなんだけど。多分同じマンションの人だと思うんだ。西平ぐらいの身長で同じ香水使ってるの」

そう言いながら西平の反応を探るものの、何も言ってはくれない。やはり違うのかもしれない。

「へぇ、偶然ってあるんだな」

西平は平坦な声で言っただけだ。

舟はなぜかがっかりした。

そしてセロハンテープを貼り始めた月曜日から三日目の水曜日。舟が会社から帰ってくると、玄関の扉のセロハンテープが剥《は》がれていた。

「そんな……」

合鍵を使って西平の家に入り、震える手で彼に連絡をする。

三十分後、西平が息を切らして帰ってきて玄関にうずくまる舟を抱きしめた。

「警察に連絡して、すぐに鍵を取り換えよう」

舟は彼に付き添ってもらって警察に行き、管理人にも相談した。業者を呼んで鍵を取り換える。

家の中にあるものをどんなふうに使われたのかわからず、気持ち悪さがこみ上げた。

舟は吐き気を抑えながら、今まで使っていたもの全てをゴミ袋に入れた。

翌日は会社を休んだ。

この状況で出社できるほどの精神力は舟にはない。

引っ越しも考えているが、持ち物を総入れ替えしたいので金銭的に厳しい。この近辺を気に入っているので離れがたいという気持ちもある。

細々《こまごま》とした買い物の手配を終え帰宅すると、家の玄関前に知らない男が立っていることに気がついた。舟はとっさに壁の陰に隠れる。

男は鍵をポケットから取り出し、舟の部屋のドアノブをガチャガチャと動かして、舌打ちをした。

「戸松？」

「ひぅっ……！」

振り返ると、西平が立っている。

「戸松のことが気になって、昼休憩に様子を見にきたんだけど……。どうした？」

舟は視線を男に向けた。男も舟と西平に気づいたようだ。

男が踵《きびす》を返したのを見て、西平が瞬時に走り出す。階段の手前で男を捕まえた。

「け、警察……」

舟は震える手でスマホを取り出し、警察と管理人に連絡を入れる。

西平は暴れまわる男を必死に押さえ込んでいた。

管理人がすぐにかけつけ、男を拘束するのに協力してくれた。警察も十分ほどでやってきて、男を取り押さえる。

事情聴取のため、男と一緒に舟と西平も警察に向かい、解放されたのは夜の七時を過ぎた頃だった。男は合鍵を作り、舟の部屋から下着を盗んでいたそうだ。

警察署を出ると、美玖と東郷が待っていた。どうやら、西平が会社に連絡を入れていたらしい。

「舟！」

「美玖っ」

美玖にきつく抱きしめられる。

「無事でよかったよ。会社ではお前の話で持ちきりだぜ？　下着泥棒を捕まえたって」

「戸松の名前は？」

「出てない。やっぱりそういうのって女性は周りに知られたくないだろ。今のところ知ってるのは、俺らと営業部、企画部の部長だけだ。後で社長には報告が行く。部長たちは会議があって来られないから、俺らが様子見に来たんだ」

「そうか、よかった」

四人で軽く食事を取って、二人はマンションに帰る。

エレベーターのボタンを押したが、動かなかった。

「え、なんで？」

「点検って書いてあるな」

「普通マンションのエレベーター点検って昼間じゃない？」

西平が指をさした張り紙には、予定していた時刻にトラブルが発生したため現在点検中だと書いてある。多分そのトラブルというのは下着泥棒のことだろう。

仕方なく二人で階段を上ることになった。

心身ともに疲れ切っていた舟は、途中でパンプスのヒールを階段にひっかけバランスを崩してしまう。

「きゃあっ」

「戸松っ！」

隣にいた西平が、舟の身体を抱き留めた。

「ここの階段と相性が悪いみたいだな。戸松、二度目だろ？」

「ごめん。……でも、西平、私が以前にもここで落ちそうになったの知ってたっけ？」

「え⁉　いや、ほら。前に聞いた」

「そうだっけ……」

舟が考えていると、西平がぐっと腰を支える。

「危なっかしいから。ほら、さっさと上るぞ」

彼に密着したまま誘導された。その体温、匂い、見上げた顔の角度にまで既視感を覚える。

「戸松、俺の部屋……来るか？」

「……うん」

差し出された手を取って、西平の部屋に入った。ソファーに座ってリンを探す。リンは、小さな段ボールの中に入ってご満悦だった。

改めて彼の部屋を眺める。

何度か部屋に入ったことはあるが、じっくりと見たことはなかった。立ち上がって棚の上を眺めると、無造作にいろいろなものが入れられている箱を発見した。その中に、舟が持っているのと同じゆるキャラのキーホルダーがある。停電の次の日、管理人室にあったものだ。

もちろんこれだけでは証拠になどなりはしない。

けれど、舟はもう確信していた。

「西平」

「何？」

「この間、リンに引っかかれた傷ってどうなってる？」

「あぁ、もう絆創膏《ばんそうこう》も貼ってない。まだ痕《あと》が残ってるけど、もう少しすれば綺麗になるよー」

舟はそっと西平の傷に触れた。

「あのさ、戸松。こんな時に聞くもんでもないんだけど……。前に俺が……」

「すぐ戻ってくる」

「え？」

西平の言葉を途中で遮《さえぎ》って、玄関へ向かう。

侵入者への恐怖も忘れ、舟は自分の部屋に飛び込んで目的の物を手にした。すぐに西平の部屋にとって返す。

そしてその紙袋をずいっと西平に差し出した。

「受け取って」

「えーっと、これって」

それは停電の時に助けてくれた男性のために買っておいた煎餅《せんべい》とマグカップだ。

「あの、停電の日。助けてくれたの西平でしょ」

「い、いや、その……」

「あの人と同じような背丈で同じ香水。それに、あの日も彼の手の甲には、西平の傷みたいな凹凸《おうとつ》があった」

西平は、困ったように目をそらす。

「あと、そこの箱に入ってるキーホルダー。あの時、落としたでしょ？　去年会社で行ったホテルにあった限定品」

真っ直ぐ彼のことを見つめると、観念したのか西平は深く息を吐いた。

「あの日、エレベーターが使えないって知って階段上がってたらさ、戸松っぽい後ろ姿を見てびっくりした。まさか同じマンションに戸松がいるなんて思ってもみなかったから。それで、どうしようか……悩んだ」

「悩んだって、声をかけるかどうかを？」

西平は耳と尻尾をぺしょんと下げた犬のように項垂《うなだ》れて頷く。

「声かけたらストーカーみたいかと思って。嫌われているの知ってたし。戸松が上るのを待とうかと思ったんだけど、足取りが危なっかしかったんで。黙って見守ってたら身体が傾いてきてとっさに……助けられてよかった」

そこで西平は言葉を切った。

「んで、誤魔化した。俺だってわかったら嫌がられるかもと思ったし。好きだから、これ以上嫌われるのは……さすがにきつい」

舟は目の前が霞《かす》んでいくのに気がついた。

目を瞑《つむ》ると、ぽろりと雫《しずく》が頬を伝う。

傷つけていたのは自分なのに泣くのは卑怯だ。

掌《てのひら》で涙を拭《ぬぐ》いながら、今一番伝えないといけない言葉を探した。〝ごめん〟という謝罪だろうか。いや、違う。

舟は両手を広げて、西平と抱きしめる。

「ありがとう。好きでいてくれて、諦めないでくれてありがとう」

「……戸松っ」

西平がきつく抱きしめ返してくる。

「西平、私ね。西平と停電の人が同じ男性だって知ってすごく嬉しいの。私が好きだと思った人は一人だったから」

「……俺も、好き。すげぇ、好き」

二人は鼻と鼻をこすり合わせて笑い合い、目を閉じて口づけを交わした。

＊　＊　＊

ソファーに座った西平はじっと舟を見つめて、穏やかに笑う。そして、舟の手を取り指を絡めた。舟も西平の手を握り返す。

あれだけ苦手だと思った感情が薄れている。彼を見ると感情が波立つのは変わらないが、決して不快ではなかった。

近づいてくる顔と唇。触れた唇は柔らかく、いつかとは違って熱かった。

啄《ついば》むように何度も口づけが繰り返され、最後に口の端をちゅっと吸い上げ離れていく。

至近距離で視線が絡み、また唇を寄せ合った。

苦手だなんて言っていたのに、愛され大切にされているのを感じてまた好きになってしまった。結局どうしようもなく舟は単純なのだ。単純すぎて嫌になる。

彼に傷つけられたことなど忘れ、口づけを甘受していたいという気持ちは大きくなる一方だ。

西平の舌が舟の唇を舐め、舌先が口腔《こうこう》へ入ってきた。互いの舌先が触れ合い、絡まり合う。

ぎしっとソファーが鳴った。

西平は膝をソファーに乗せて、舟の頬を両手で覆《おお》いながら口蓋を舐める。舟はうっとりとその口づけを受け入れた。

どちらのものともわからなくなった唾液が、口の端を辿り落ちていく。

唇が離れ、二人は大きく息を吸い込んだ。

西平の手が背中に回りプチッとホックを外される。舟も彼のシャツのボタンを外した。はだけたシャツから見える彼の素肌。うっすらと割れている腹筋を人差し指でなぞる。

「ん、くすぐったい」

西平が少し目を細める。目の端が甘くきらめいた。

「鍛えてるの？」

「土日にいろいろとね。フットサルやら草野球やらに駆り出されることがあるから」

定期的に運動しているのだろう。

お返しとばかりに、西平の手が舟の服の中に入ってくる。胸を優しく撫でた。時折、胸の頂《いただき》を指がかすめていき、舟の口から濡れた声が漏れる。

「戸松の身体ってすごく柔らかい」

「褒めてるの？」

太っていると言われたのかと眉間に皺《しわ》が寄るが、西平は頷き「気持ちいい」と囁《ささや》いた。

不意に西平が舟に圧《の》し掛《か》かる。

髪の毛をかき上げながら見下ろしてくるその顔は、どうしようもなく男を感じさせた。

その視線は、こちらを射抜くように鋭い。

彼が全身から醸《かも》し出ている色気に眩暈《めまい》がしそうだ。

西平は舟の服をまくり上げ、露《あら》わになった胸を見つめた。そして、頂《いただき》に熱い息を吹きかける。

生温かい風が焦《じ》れったい。

「んっ」

胸の外側には柔らかい口づけを落とされ、ちゅっちゅっと痕《あと》を散らされる。谷間を舐められ強く吸いつかれた。

チリッとした痛みが胸元に落ちていく。

「肌に赤い痕《あと》って、どうしてこんなに扇情的《せんじょうてき》なんだろうな」

西平は自身がつけた痕《あと》を指でゆっくりとなぞり、妖艶《ようえん》に笑った。

思わず身じろぐと、胸もふるりと揺れてしまう。

舟は甘い息を吐いた。

心地よい熱が少しずつ全身を包み、思考が快楽に占められる。

首筋や肩口にも口づけが落とされ、耳朶《じだ》をぺろぺろと舐められた。

すぐ近くに感じる彼の息と熱が頭に響く。

首筋をつーっと舌が這い、円を描くように乳輪を舐められ、尖らせた舌で頂《いただき》をつつかれる。

くすぐるように舌先を動かされ、舟の腰が無意識に動いた。その動きが彼を煽《あお》っていることに気づきもしないで。

「ここを、赤い果実だってたとえるの聞いたことある？」

西平は舟の胸の突起を、指の腹でぐりぐりと押し潰しながら聞いてくる。

「どこ、の……、エロ漫画っ、んん」

「でもさ、戸松のここ見てたら確かになーって思ったんだよね。口の中に咥《くわ》え込んで、舐めしゃぶりたくなる」

見せつけるように舌を出す西平を見て、舟の喉が鳴った。

「美味しそう。いただきます」

どうぞ召し上がれなどと言えるわけがない。

本当に噛み砕かれそうで、舟は身体を横に向けようとした。けれど腕を押さえつけられて敵わない。

西平に乳輪を咥《くわ》え込まれた。胸の頂《いただき》も舌で嬲《なぶ》られ、ちゅるちゅると吸われる。ちゅぱちゅぱと何度も繰り返されると、思考が乱れる。

「あっ、ひぁ」

我慢しきれず漏れた嬌声《きょうせい》がリビングに響く。

舌で弄《いじ》られるたびに、腰がぞわぞわと戦慄《わなな》いた。

舟は無意識に西平の柔らかい髪の毛を握る。

脳髄《のうずい》を快感が支配していく。

逃げ出したいのに、身体はその先の快楽を求めた。

ちゅぽっと胸の頂《いただき》から唇が離れる。

細く伸びた銀色の糸がぷつんと切れた。てらてらと濡れるそこはとても卑猥《ひわい》だ。

彼の唇が胸から臍《へそ》の周りへ移動し、赤い痕《あと》を散らす。

西平の手が舟のパンツに添えられ、ぐっと下げた。

「すご、もう濡れてる」

西平は嬉しそうに笑いながら、長い指をぷちゅっと膣内へ挿入させた。そして、ぐちゅぐちゅと音を立たせて動かす。

「やっぱ、中途半端だと挿《い》れにくいな」

下着がさらに下ろされ足首に引っかかる。きちんと脱がす余裕がないのが納得できるほど、西平の息は熱く呼吸は速い。

唇が太ももに触れた。さらに軽く噛まれる。

「いっつ！」

痛みがあったわけではない。痕《あと》をつけられるのと同じぐらいの軽いものだったが、噛まれた瞬間、驚いて「痛い」と言葉に出してしまう。

西平は慌てたように太ももから口を離す。

「ごめん、痛かった？」

「だい、じょうぶ。驚いただけ」

西平はホッとしたように息を吐いた。

舟を翻弄《ほんろう》していた愛撫が一瞬止まり、ちりんと鈴の音が聞こえる。視線をやると、リンが鈴のついたおもちゃを転がしていた。

「……西平、あの……」

相手が猫とはいっても恥ずかしい。

「ベッド行くか」

西平は舟の服を全部脱がせ、ベッドに引っ張り込む。扉を閉め、真っ暗な部屋に聞こえるのは二つの息だけになった。

「身体、倒して」

誘導されるまま舟は上半身をベッドに預ける。下半身を彼に晒《さら》すような体勢だと気づき、慌てて起きようとした。

「こ、この体勢はさすがにはずか……ひぃんっ」

けれど、膝立ちになった西平が秘所に舌を這わせ、やさしく押さえ付けてくる。

「そのままでいて。なんか、甘い匂いがして興奮する」

濡れた舌が媚肉をかきわけ入ってきた。ぬちゅぬちゅと出し入れされるたびに、淫猥《いんわい》な音が耳に届く。

恥ずかしくて腰を引こうとしているのに、臀部《でんぶ》をやわやわと揉みながら掴まれ、それもできない。

熱く蠢《うごめ》く舌が舟の全身を痺《しび》れさせた。

西平の指が花芯をかすめ、舟の腰がびくんと反応する。指はそのまま花芯をぐりぐりと押し潰し、捏《こ》ねる。

「あぁっ、あ、あ」

愉悦に脳髄《のうずい》が溶け、何も考えられない。シーツを握りしめながら、ただ嬌声《きょうせい》を上げるだけだ。

くらくらと眩暈《めまい》までしてきた。

ぬぽっと舌が秘所から離れた。愛液がぽたぽたと太ももを伝っているのがわかる。

こんなに感じたのは初めてだ。とめどなく蜜が溢れていく。

花芯を捏《こ》ねくり回していた指も離れ、西平が深く息を吐いた。すぐに花芯を咥《くわ》え込まれ、吸われる。

「あっ、や、だめ、くるっ、ひあぁああぁ」

快楽が全身を駆け巡り、舟は達してしまった。

脚ががくがくとして、力が抜ける。腰がまったく言うことを聞いてくれない。

短く息を吐きながら、意識が飛びそうになるのを必死に繋ぎ留めた。

ガチャガチャとベルトを外す音に続き、バサッと服が床に落ちた音が聞こえる。

ガサッと何かの袋を破り捨てた音がした後、西平が背後から圧《の》し掛《か》かってきた。

ぐっと腰を抱え込まれ、引き上げられる。

「まっ、て。ほんと、むりぃ」

「俺も無理。こんなにひくひくと厭《いや》らしいの見せられたら我慢なんて絶対にできない。

挿《い》れたい」

すでに膨張していたであろう肉棒が、秘所の入り口に擦りつけられた。

「今まで一番勃ってて、やばい。期待でガッチガチになってる」

両腕で臀部《でんぶ》を掴まれ、ぐにぐにと揉みしだかれる。

「お尻触ってるだけで、出そう」

「……そ、そういう実況いらないからっ」

「だって本当のことだし。戸松も期待してるんだろ。ほら、蜜が零れてる」

ぐちゅっと先端が媚肉を割って押し込まれた。

「んっ……」

西平は浅い場所で先端の抽挿を繰り返す。舟は下腹部の奥が寂しくなった。

「とろっとろだ。俺のが戸松の愛液でふやけそう」

そんなことはありえないのはわかっているけれど、それほど愛液が滴《したた》っていることに舟自身も気づいていた。

西平はぐちゅっと音を立てながら、腰を進める。久しぶりの圧迫感に舟の背中が反り返った。

肉茎が脈打ち膣内で蠢《うごめ》く。

腰をぐっと掴まれたまま、引き抜かれては突き入れられた。亀頭で愛液をかき出され、結合部分からは淫猥《いんわい》な音が響く。

熱棒で擦られるたびに、息苦しいほどの悦楽が生まれる。

「あうっ。あんん、んあっ」

「いっつもさ、高潔で綺麗な戸松が、こんなふうに蕩《とろ》けた顔するのって……すごいそそる」

「高潔って、んっ、そんなっ」

そんなつもりはないし、綺麗でもなんでもない。舟は妬《ねた》みで西平に八つ当たりをしていたような最低な人間だ。

けれど西平の言葉に嘘は感じなかった。彼に褒められると、自分が綺麗な人間になれる気がしてくる。

それがなぜなのか考えたいのに、膣奥を抉《えぐ》られ思考がまとまらない。

背中に彼の体重が乗り、舐められた。時折甘噛みもされる。痛くはないが、そこに熱が集中する。

片手が胸の頂《いただき》を摘《つま》み、もう一方の手が花芯を弄《いじ》った。

西平が腰を回転させ、緩急《かんきゅう》をつけて穿《うが》つ。

舟は涙で目の前がぼやけてきた。

無意識に膣を締め付けると、西平が「ぐっ」とうめき声を上げる。

「も、だめ、また、きちゃう、きちゃうよぉ」

「いいよ。イッちゃおうか。俺に弄《いじ》られながら絶頂を迎えて」

「あうっ……あ、ん、あぁあっつあ、んぁあああっ」

ぐちゅぐちゅと卑猥《ひわい》な音を立てながら何度も膣を刺激され、全身が疼《うず》いた。腰ががくがくと痙攣《けいれん》し、達する。

怒濤《どとう》のように迫りくる快楽が全てを支配していった。

舟はその気持ちよさに身を委《ゆだ》ねそうになる。何度も首を横に振りながら、どうにか愉悦を逃がそうとした。

西平はそんな舟の様子を見ながら、膣壁を擦り奥を穿《うが》つ。

「うあぁ、あ、ん、あぁん、ああっん。ん、ふぐぅっ」

言葉にならない甘い声が舟の口から漏れた。

「はっ、なんで、そんな我慢するの？　イッちゃえば楽なのに。戸松は我慢して我慢して、解放されるのが好みなのかな？」

西平は楽しそうに笑いながら、舟の膣奥を執拗《しつよう》に抉《えぐ》った。

「やぁ、がまっん、できないよぉ。あぁ、んっ、あ、あ、あ、あぁあああっ」

ぱちゅんと西平がさらに深く押し入った瞬間、全身に駆け上がってきた愉悦に呑み込まれる。

舟はシーツをきつく握りしめた。膣が締まり、西平も荒い息を上げた。

「くっ、はぁ、すっごい締まった。膣内が蠢《うごめ》いてて、精液欲しいって催促《さいそく》してる」

彼の卑猥《ひわい》な言葉はもう耳に入ってこなくなっていた。

蕩《とろ》けた頭では何も理解できない。

舟はなんとか息を整えようとする。けれど、西平が抽挿を再開した。

余韻が残る身体をさらに刺激され、一層強い快楽が駆け上がる。舟はコントロールの利かなくなった自分の身体が怖い。

「ひぃっ、いやぁ、やぁ、にしひらぁ」

駄々を捏《こ》ねるように首を振り、涙を零す。

「だいっじょうぶ、気持ち、いいだけだからっ」

西平が慈《いつく》しむように優しく髪を撫でてくれる。

それでも舟は、このまま絶頂を迎えると何も考えられなくなるのではないかと恐怖に怯《おび》えた。

「やだぁ、こわいぃ、きもちいいのっ、こわいよぉ」

感情が溢れ、止まらなくなる。舟はぼろぼろと泣き、口の端から唾液を零した。

「あぁ、くっそ。可愛いな！　なんで、こんなに可愛いんだよ！　俺ので気持ちよくなるのが怖いとか、どんな煽《あお》りかただよっ！　ぐっ」

西平が歯を食いしばりながら一際強く膣奥を穿《うが》つ。

その動きは乱暴で、切羽《せっぱ》詰まっていた。

「あぁあ、またっ、きちゃうよぉ、にしひらっ、にしひらぁ」

舟は唯一縋《すが》れる男の名前を何度も連呼する。背を仰《の》け反《ぞ》らせ、高い嬌声《きょうせい》を上げた。

「出るっ」

舟の身体を強く抱きしめながら、西平は脈打つ欲望を薄い膜越しに注ぐ。

「は、は、っつ」

舟は全身を弛緩《しかん》させ、口を大きく開けて酸素を取り込んだ。西平も舟を抱きしめたま
ま、荒い息を整える。

しばらくそうした後に、西平はぬぽっと肉棒を抜いた。

「あう……」

「うわ、零れるっ」

西平が慌ててティッシュを掴み、それを処理するのを横目で見る。

処理を終えた西平は舟のもとに戻り、顔を覗き込んだ。

「涙とよだれで、ぐっちゃぐちゃな顔」

「ぶさいくって言いたいの？」

「色気があって最高に可愛い」

先ほどまでの濃厚な情事が嘘みたいに晴れやかな笑顔の男を、舟は殴りたくなった。

こっちは全身がだるくて動くのがつらい。

「ねむい」

「寝ていいよ。身体はタオルで拭いておくし、明日会社に行くなら、六時ぐらいに起こしてあげる。そうしたら、シャワー浴びる時間もあるでしょ？」

「ん……」

舟はもぞもぞと身体を動かし、西平の言っていることをよく考えもせずに眠りについてしまった。

次の日の朝。舟が起きると、身体は拭かれスウェットまで着た状態で西平に抱きしめられていた。

「戸松？」

「……おはよ」

すでに目が覚めていたらしい西平は、舟と目が合うとそれはもう嬉しそうに笑みを零す。そして一層強くぎゅうぎゅうと抱きしめてきた。

どうにか彼を引き剥《は》がし、西平が準備してくれた朝食をとる。舟は、ふとなぜ彼が停電の時の男性であることを誤魔化していたのか気になった。

「ねえ、停電の時すぐに名乗ってくれなかった理由はわかったけど、なんでその後も教えてくれなかったの？　探してるって知ってたんだから、教えてくれてもよかったんじゃない」

「あ、あー……。それはですね」

「なんで敬語」

「ヒーローは正体を明かさないとか格好つけておきながら、好かれてるかもって思った途端にがっつくように言うの、なんかもう恥ずかしいじゃん！」

言いにくそうにぼそぼそ「ダセェよー」と話す西平の気持ちは舟にはよくわからなかったが、そんなものかもしれないと納得する。

朝食を終え、今日は出社することにすることにした。

あれほど、一緒の電車に乗るのは嫌だと思っていたのに、西平が隣にいてくれると安心する。もっとも、会社の人間に二人でいるところを見られるのはなんとなく気恥ずかしかったので、舟は意識して距離をとって歩いた。

西平は不満そうに口を尖らせていたが、無視をした。

それぞれのフロアにさっさと別れ、何事もなく仕事をこなす。

自分が男に部屋を荒らされていたと噂されていたらどうしようと、びくびくしていたもののそんな話は一向に出ていない。

代わりに西平が下着泥棒を捕まえた、と英雄扱いされていた。

よくも悪くも舟が面白みのない地味な性格なのと、西平が常に話題の中心にいる華やかな人物なのが功を奏したのかもしれない。それに美玖たちがうまくやってくれたこともあるようだ。

とはいえ、やはり緊張していたらしく、帰宅した時には疲労困憊《ひろうこんぱい》していた。

西平はまだ仕事中で部屋に戻っておらず、少し躊躇《ためら》いはあるものの自分の部屋に入る。ぐったりしていると、警察から電話があった。

西平が捕まえた犯人は、やはり以前から舟の部屋に出入りしていたことを供述したと教えられる。その他の余罪や鍵を拾った経緯などについても説明を受けた。

舟の下着は証拠として押収されると言われたので、必要がなくなり次第処分してほしいとお願いする。もう使えないし、見たくもない。

これで全て終わった。

ほっとため息をついていると、隣で西平が帰宅する音が聞こえた。

「戸松ー、大丈夫か？」

すぐに西平が舟を訪ねてきて抱きしめ、自分の部屋に呼んでくれる。

舟は西平の部屋で一緒に夕食をとりながら、警察から聞いた話を伝えた。食後はリンと遊んで癒《い》やしを求める。四角い箱の中を出たり入ったりする姿を写真に撮った。

西平は優しくそれを見守ってくれた。

かつて、記憶から抹消するほどのショックを舟に与えたというのが信じられないほど、彼との時間は穏やかだ。

けれど、自分は何を言われて傷ついたのだろうか。それが少し気になる。

美玖に言わせると些細《ささい》なことのようだった。西平が意図的に舟を傷つけたとも思えないので、彼自身も忘れてしまっていそうだ。

なんとなくモヤモヤとした不安を抱えながらも、舟は考えないことにした。

＊＊＊

それから何事もなく数日が過ぎる。

ある日、会社の廊下を歩いていた舟は、西平に話しかけられた。

最近、西平は以前にも増して会社でも嬉しそうに寄ってくるようになったのだが、なんというか気恥ずかしい。

「戸松、戸松」

「どうしたの?」

「俺、急に取引先の人と食事行くことになったんだ。今晩リンに飯あげといてもらっていい？」

「はい？」

「頼む。前に渡した合い鍵使ってくれていいから。リンの飯はキッチンケトルが置いてある棚の中にある。どれやってもいいんで、よろしくなー！」

西平は嬉しそうに言うだけ言って、さっさとどこかへ行ってしまう。

舟は彼に貰《もら》った合い鍵を返し忘れていたことに今さらながら気づいた。

あの時は、緊急事態だったので思わず受け取ってしまったが、まだ持っていてもいいのだろうか。

今の西平とは一緒に食事をして、時折身体を重ねる仲。それだけだ。

確かに西平には告白され、舟も好きだと伝えたが、よく思い返してみても〝付き合ってほしい〟とは言われていない。

そんなこと口にしなくてもわかるだろうと思われているのかもしれなけれど、言葉は必要だ。

西平は誰かを騙《だま》すような人ではないし、セフレみたいないい加減な付き合いをする人でもない。そんなことはわかっている。

西平を信用しているしていないの話ではなく、これは舟自身の問題だった。

一つ一つ段階を踏んでいかないと、どこかで足を踏み外しそうで落ち着かない。

本当に舟は融通《ゆうずう》がきかないのだ。自分のそんな性格に辟易《へきえき》する。

それならさっさと西平に「付き合っているんだよね」とでも聞けばいいようなものだが、今さら口に出すのも、結局は西平の気持ちを疑っているようで気が引ける。

舟はぐるぐると悩みながらも仕事を終えた。

惣菜《そうざい》を買って一度自分の家へ戻り着替えを済ませて、西平の部屋へ赴《おもむ》く。

家主のいない家に入るのは緊張すると思いつつ、小さな声で「おじゃましまーす」と声をかけてからドアを開ける。

西平が言っていた場所を探すと、確かにキャットフードが何点か置いてあった。その音を聞いたのか、気がつくとリンが足元に座ってこちらをじっと見つめている。

缶を一つ手に取って、それを左右にゆっくりと動かすとリンの顔も同じ方向に動いた。

「んなー、んなー」

餌《えさ》をくれと催促《さいそく》するように鳴いて、リンは前足を引っかくような動きをする。

「ごめんごめん。えーっと、どれに入れればいいんだろう」

フローリングの上に二つの皿が置いてある。一つは水が入っていたので、空のほうの皿にキャットフードを入れてやった。

水も換え、がつがつとキャットフードを食べるリンをしばらく見つめる。

だが、猫は構われすぎるのを嫌うらしいので、撫でたいのを我慢してソファーに移動する。

他人の家で寛《くつろ》ぐわけにはいかないし、リンの食事が終わったら部屋に戻ろうとぼーっとしていると、食べ終わったリンがソファーへやってきた。

舟の足元にすり寄り、甘えた声を上げる。その背を少し撫でてやると満足したのか、どこかへ行った。

「本当に気まぐれだねー」

リンの食事も終わったので帰ろうと玄関に向かうと、リンが舟の靴の上に座り込んでいた。

「えーっと、ごめん。帰りたいからどいてもらっていいかな？」

声をかけてみたが、ふいっと顔を背けられてしまう。どうやらどく気はないようだ。

どうしたものかと玄関でしゃがみ込みながらリンを見つめる。

無理やりどかすような真似はしたくない。一度玄関から離れて、リンがどいた隙に靴をはいて外に出よう。

ソファーへ座り直ししばらくたつと、リンがこちらにやってきてすばやく舟の隣へ座り、前足を手にかけた。

「ん？」

頭を撫でろという催促《さいそく》らしい。可愛い催促《さいそく》には勝てずリンの頭を撫でてやった。そろそろ部屋に戻ろうと思いながらも、リンの柔らかい毛を撫でていると、うとうとしてくる。

そして、そのまま眠ってしまった。

どれぐらいたったのかわからないが、鈴の音が聞こえてくる。うっすらと目を開けると、リンが遊んでいるのが目に入った。

「起きた？」

「ん？　あれ？」

目をごしごしと擦りながら起きると、そこはベッドの上だった。縁に西平が座っている。

「帰ってきたら、気持ちよさそうに寝てたから、起こさないようこっちに移した」

「ごめん」

人様の家で寝てしまうとは。

スマホで時間を確かめると夜の十時過ぎだ。

起き上がろうとすると、肩をぐっと押された。もう一度ベッドに寝転ばされる。

「えっと……？」

「いいから、いいから」

西平もベッドの中に潜《もぐ》ってきて、舟を抱きしめ笑った。

「え⁉」

「まぁ、まぁ、こういう時はさ、一緒に寝よう」

「……もう」

西平のぬくもりは心地がいい。ぐだぐだ悩んでいたことには蓋をして、舟は彼の腕の中で眠りについた。

第五章　夏中《なつなか》

それから半月たった八月中旬。

舟はリンが小さな袋の中に入る姿を動画に撮りながら、西平の帰りを待っていた。中途半端な気持ちのまま、なし崩し的に西平の部屋で過ごすことに慣れてしまっている。考えすぎだとわかっているが、どうしてもモヤモヤしていた。

彼は、休日や夜は飲みに出かけることが多い。上司や取引先の人間と食事をしに行ったり、たまに参加させられているという草野球やフットサルなどの集まりにも行ったりしている。

舟にはとても真似できないほどフットワークがよかった。

遊び疲れたらしいリンを抱き上げていると、玄関の扉の鍵が開く音がした。

「ただいまー！　舟ー、リンー」

「おかえり」

「んにゃ」

「俺の癒《い》やし！」

西平はドタドタと走りながらリンを抱き上げている舟ごと抱きしめた。

「馬鹿、下の階の人に迷惑でしょ」

「あ、ごめん。気をつける」

西平に鼻をくっつけられたリンは、彼の顔を引っかいた。舟の腕の中から飛び下り、離れていってしまう。

残った西平は、舟に頬ずりして満足そうに息を吐いた。

「舟さー、今週土曜日は空いてる？　リンの猫じゃらしがぼろぼろだから新しいの買いに行くんだけど、一緒に行かない？」

「んー、いいよ」

「ほんと？　ありがと、舟ー」

西平は舟を名前で呼ぶようになっていた。何度も呼んでくるので用があるのか聞くと、決まって「呼びたいだけー」と笑う。意味がわからない。

舟は、会社では苗字で呼んでほしいとお願いしていた。

舟自身はそんな器用なタイプではないので、変わらず「西平」と苗字で呼んでいる。

頬に触れる柔らかい感触に視線を向けると、西平に口づけされていた。

彼は甘い。いつだって優しく心地いい時間をくれる。

愛でられ大切にされている——西平の気持ちを疑ったことはないのに何が不満なのだろう。

抱きしめられながら、そんなことを考えていると突如、脳内会議が始まった。

『何やら簡単な話を複雑にしてるのね』

『彼に言われて傷ついた言葉なんて……。忘れてしまったなら、考えても無意味なのに』

『あら、ワタシたちは覚えているわよ、彼は——』

一瞬、何かを思い出しそうになる。けれど、「舟？」と、西平に声をかけられ記憶のシャボン玉が弾けとんだ。

「今日は帰るね」

「え!?　まだよくない？」

「やらなきゃいけないことがあるの。また明日ね」

舟は逃げるように自分の部屋に戻った。

欲しかった恋愛は手に入ったはずだ。自信が持てないのは仕事が行き詰まっているせいに違いなかった。

そうでなければ、最近なかった脳内会議が開催される理由がない。

パソコンを立ち上げて、新しい企画について考える。

ターゲット層を同年代の働く女性にしぼり、彼女たちの嗜好《しこう》や生活形態を調査していく。

それから一時間ほど企画書作成に没頭し、就寝した。

土曜日。舟は西平と共に、マンションから車で三十分ほどの場所にある大型複合ショップにやって来ていた。

「まずペットショップ？」

「うん。キャットフードの買い足しもしたい」

二人でリン用の細々《こまごま》したものを物色する。

「そういえばリンの首輪代わりのリボン、結構ぼろぼろだけど、新しいのにしないの？」

「あー、確かにそうだよなー。お菓子についてたリボンだし、いい加減ちゃんとしたの買ってあげたい」

そう言いながら、西平は首輪を売っているコーナーに移動した。舟もついて行く。

そこには多種多様な首輪が揃っていて、見ているだけでも楽しい。シンプルなデザインのものや鈴がついたもの、ネクタイ風のものなどがある。どれがリンに似合うだろうと、二人であれこれ話す。

最終的に二人で選んだのはストライプ柄でリボンのついたものだ。

その日はそのまま食材を買い込み、西平の部屋で一緒に夕飯を食べた。そして彼と狭いベッドでくっついて眠る。

気がつくとブーブーとスマホが震えていた。

「はい……」

舟は寝ぼけたまま手を伸ばして電話に出る。

一瞬の沈黙の後、焦《あせ》った男の人の声が聞こえた。

『あれ⁉　これ、西平のスマホ……え⁉』

ハッとして、舟は自分が持っているスマホに目をやった。

ディスプレイには東郷の名前。これは舟のスマホではない。

急いで西平の肩を揺らし、スマホを渡した。

『もしもし！』

東郷が喚《わめ》く声が漏れ聞こえる。

舟は額《ひたい》を覆《おお》ってベッドの端に座った。

電話越しなので、自分だとはバレないと思うが心配だ。

電話を終えた西平がむくりと起き上がってあくびをした。

「……ごめんね。大丈夫だった、電話？」

舟が謝ると西平は不思議そうな顔をする。彼は舟が電話に出たことなど気にならないみたいだ。

「なんか、東郷が今からフットサルするんで来いって」

「そうなんだ。行ってらっしゃい」

「リンに飯やってー、顔洗ってー。着替えてー」

西平はまだ眠いようで、これから自分がする行動を口に出して確認している。そして、小さく「よし」と言って動き出した。

舟はベッドの縁に腰をかけ、西平の背中を見つめた。

私たち、付き合ってるんだよね――その一言が言えない。代わりに別の質問をする。

「そういえば、リンってどうしたの？」

「どうしたって？」

「買ったとか、譲渡会で貰《もら》ったとか」

「あぁ」

西平は少しだけうなってから話し始めてくれた。

「ここに引っ越してくる三ヶ月ぐらい前かな。前のマンションの近くでこいつが葉っぱに隠れるようにみーみー鳴いてたんだよ」

最初は親猫が近くにいると思い、遠くから見守っていたという。人のにおいがつくと育ててもらえなくなることがあるそうだ。けれど、気になって見に行くと、次の日も同じ場所でみーみー鳴いていたらしい。

「すっげぇ悩んだの。俺が住んでいたマンションってペット不可だったし、実家で飼っていたことはあるけど、一人で飼うなんて初めてだったから。俺、仕事忙しくてあんまり家にいられないだろ？」

「そうだね。毎晩遅くまでお疲れさまです」

「本当、疲れる。まぁ悩んだけど、段々弱ってくの見捨てることができなくて、結局連れて帰ったんだ。食事をやって風呂に入れたりしてたら、情が湧いて名前をつけてた」

「病院には連れて行かなかったの？」

「行った。病気がないか調べてもらって、去勢手術して。並行してペット可で会社に近い物件探したんだ」

そして舟の隣に引っ越してきたのだろう。

「じゃあ元々は飼うつもりなかったんだ」

「うん。命を預かるってことだから、可愛いってだけじゃ無理なことだろ？」

「そう……ね。なら西平がこうして隣にいるようになったのは、リンのおかげってことなのかなぁ」

リンはしっぽをぱしんぱしんと動かしながら気持ちよさそうに眠っている。

「そうだな。まさか舟の隣に住めるなんて思いもよらなかったよ。もっと早く気づけばよかったって心底思う」

西平はそう言って笑顔で出かけていった。

舟は彼を見送った後、しばらくリンと遊んで、自分の部屋に戻る。

西平は優しい。

そんな彼をどんどん好きになっていく一方で、自分の中のモヤモヤが気になって仕方なかった。

そんなある日の金曜日。舟が帰り支度をしていると、同僚に食事に誘われた。

「食事？」

珍しいこともあるものだ。人付き合いが得意でない舟を誘う人はあまりいない。

「うん！　今から行こう」

「どうしたんですか？　突然ですね」

「まぁまぁ、付き合って」

強引にぐいぐいと引っ張られる。最初は断ろうと思った。

けれど、同年代の女性がどんなことに興味を持っているのか話が聞けたら、企画に生かせるかもしれない。それに、西平を見ているといろんな人と付き合うのも大切なことだと思えてくる。

そう考えた舟は、彼女について行くことにした。

案内されたお店には他の同僚の女性が二人と見知らぬ男性が四人座っている。

「え？　ねぇ、これもしかして……」

「ごめん！　今日来る子が駄目になっちゃってさ。戸松さん彼氏いなかったよね。一時間だけでいいから、付き合って」

恋人はいないと勝手に断定されるとは。きちんと説明すべきなのだが、付き合っている人がいます——その言葉が出てこない。

西平とは付き合っているといっていいのだろうか。ぐるぐると悩んでいるうちに、席に着かされる。

「ほら、ここに座って！」

「あの……⁉　え⁉」

まさか自分が合コンに誘われるとは予想もしていなかった舟は、角の立たない断り文句も思いつかず、そのまま参加することになってしまった。

こんな時は西平に連絡しておくべきなのかもしれないが、わざわざ連絡するのは大げさな気もする。

メールを打とうか迷っている間に合コンが始まってしまった。食事中にスマホを持っているのは失礼なので、諦めて机の上に置く。

舟はせめて酔って正体をなくさないようお酒を飲まないことにした。

合コン相手は大手企業の若手社員だという。そのうちの一人が馴《な》れ馴《な》れしく肩を組んできた。それとなく腕をどかす。

チラッとスマホを見てみると、西平から連絡が来ていた。普段帰りの早い舟が部屋にいないことを心配しているようだ。

舟は素早く【合コン中。もうすぐ帰る】とだけ打つ。

「何、何？　俺らと飲んでるのにスマホ見るのやめようぜー」

「すいません。心配してくれる人がいるので、連絡を入れたんです」

「戸松ちゃんってさ、真面目！　すーっごい真面目っぽいよねぇ」

「そうでしょうか？　普通だと思いますけど」

「いやいや、真面目すぎるって。もっとさぁ、人生楽しんだほうがいいよ。今のままだとつっまんないよ？」

男性の言葉にかちんと来る。それと同時に、舟の頭の中にある場面が浮かび上がってきた。頭痛がして、顔から血の気が引く。

「ちょっと、言いすぎだぞお前」

舟の顔色を見て、その酔っ払いの友人が止めに入ってくれる。

舟は空笑いをしながら化粧室に駆け込んだ。鏡に映る自分の顔は真っ青になっている。

——思い出した。

あれだけ思い出せなかったのに、記憶がフラッシュバックする。

そう、西平に言われたのだ。

『戸松さ、真面目すぎてつまんないよ』

洗面台に手を置いて項垂《うなだ》れる。

真面目すぎてつまらない。それは舟がよく言われる言葉だ。

真面目であることは舟のアイデンティティとなっているくらいなので、気にしないようにしている。

けれどあの日の西平の言葉は舟の心を深く抉《えぐ》った。

淡い好意を抱いていた彼に『つまんない』人間だと言われ、自身の存在を全否定されたような気持ちになったのだ。

彼は今でも舟のことをそう思っているのだろうか。

——だとしたらなぜ、好きだなんて言ったの。

苦しくて、胸が締め付けられて、悲しい。

舟は同僚に体調が悪くなったと断って、お店を出た。

騒がしい街中を早足で歩く。

誰も空など見上げない。星の見えない夜空を見上げた。そうしていないと涙が零れそうだったのだ。

電車に飛び乗り、最寄り駅まで戻る。改札を出ると、生ぬるい風が頬をかすめた。

ふと見れば、そこには今舟の心を占める人物がいる。

「――心配性なの？」

「そうらしいよ」

ジーンズにパーカーというラフな格好の西平が、ガードレールに腰かけていた。

彼は不機嫌そうな顔をしているが、声は柔らかく優しい。

少しだけ距離を空けて西平は横に並んだ。揃って歩き出す。

舟は隣を歩く西平に視線をやった。いつからあの場所で待っていたのだろうか。

重い空気のままマンションのエレベーターに乗り込んだ。早く着けばいいのにと祈る。

エレベーターを降り、自分の部屋に戻ろうと急ぐと、部屋の前で西平に手を掴まれた。

「ちょっと寄ってかない？」

まるで安っぽいナンパのようだ。この手を振り払って逃げたくなるが、彼とはきちんと話をしなければならないと思い直し、舟は黙って一つ頷く。

促《うなが》されるままソファーに座り待っていると、西平がコーヒーを淹《い》れてくれた。

彼は反対側に座り、静かに舟を睨む。

「いくら俺でも腹が立つ」

「そう」

「……っ、〝そう〟じゃないだろ。なんで合コンなんかに行くんだ？　俺って、舟にとってその程度の存在なのか？」

西平はギリッと拳《こぶし》を握りしめて、唇を噛んでいる。衝動を必死に抑え込んでいるようだ。

これに関しては自分が悪い。それはわかっているが、舟にだって言いたいことがあった。

「参加したくて参加したわけじゃない。同僚に食事に誘われたから行ってみたの。そうしたら合コンだった。それだけよ。まだみんな飲んでるけど、先に帰ってきたし」

「それだけ？」

「それだけ」

西平は納得していないみたいで、まだじっと舟を見つめている。

今の舟は、まるで男の愛情を確かめたくてひどいことをする女のようだ。

「西平も合コンくらい行くでしょう?」

「そういう問題じゃないだろ。第一、俺はともかく、そんなの舟らしくない」

——私らしくないとはどういうことだ。

段々と舟も腹が立ってきた。腹の底にあった怒りが呼び覚まされる。

「私らしくない……ねぇ。確かに私らしくないね。合コン一つ行ったことがなさそうな、真面目でつまらなくて、地味な人間だもの」

舟は頭に血が上り、思わず叫んでいた。

「何もそこまで言ってないだろ」

「らしくないというなら、地味な私が派手な西平とこうしているのもらしくないってことよね」

西平は悲しそうな表情になった。

「……どうして、西平がそんな顔するのよ」

舟はいろいろな感情が抑えられず、目尻から涙を零す。

こんな時に泣くのは卑怯だし、泣き顔は不細工なので西平に見られたくない。

けれど、堪《こら》えられそうになかった。

「……なんで私はこんな軽いヤツの言葉に傷ついたんだろう」

「なんの話だよ?」

西平は怪訝《けげん》な顔をする

「入社してすぐの頃、西平さ、私に〝真面目でつまんない〟って言ったでしょ。深い意味はなかったのかもしれないけど、私はナイフで胸を抉《えぐ》られたような気持ちになった」

「……舟」

「何よ。真面目なことで何か迷惑をかけたことがある？　面白かったらいいわけ？　つまんなくて悪かったわね！　私だってノリよくたくさんの人と話せるのならしてみたいわよ。でも、できないのよ……。頑張ってみたってできやしなかった。どうせ私には何も……っ」

いい年をしてしゃくり上げてしまう。これ以上情けない姿を晒《さら》すのも、惨《みじ》めな思いをするのもごめんだ。

これ以上、ここにいるのはまずい。

帰ろうと、鞄を持って立ち上がる。その手を西平に取られた。

「……離して」

「嫌だ」

いつも柔らかい表情を崩さない西平が、怖いくらい真剣な顔をしている。

「今の状態では冷静に話なんてできない！　傷つけるってわかってるのにっ――」

「俺は！　傷つけられても構わない。何が起きたって、今ここで手を離したら一生後悔する！」

舟は西平の目から逃れるように、視線をさまよわせる。そしてふと、おかしなことに気づいた。

「あれ……？」

部屋にリンの姿がない。

「ねぇ、リンは？」

「は？　リン？　リンなら……って、あれ？」

涙は止まっていた。西平と顔を見合わせ、急いで部屋中を探す。ラックの上やテレビの裏、ソファーの下など、よくいる場所を探す。

「いた？」

「いない！　ちょっと落ち着こう。えーっと舟から連絡が来た時は家でリンと遊んでたんだ。んで、舟が合コンにいるって知って、後先考えずに外に出た……。その時、玄関の近くまでついて来たけど……」

「外に出ちゃったってこと？」

「リンは家猫で外に出したことがないからそれはない……と思いたい。いやー、あの時俺すげぇ焦《あせ》ってて……あんまり確認してなかった……」

西平は頭をがしがしとかく。とりあえず確認しようと、二人で外に出た。

夜も更《ふ》けた時間のため、あまり大きな声は出せない。

リンの名前を呼びながら、一時間ほどマンション周辺やマンション内を捜してみたけれど、見つからなかった。

泣きそうになって西平の部屋に戻る。喧嘩のことなど吹っ飛んでいた。

「どうしよう。きっと、リンが交通事故とかに遭ってたら……」

「大丈夫。大丈夫だから。念のため保健所に連絡しよう」

西平は舟を抱きしめ頭を撫でる。彼がポケットからスマホを取り出した時、部屋の奥から「なぁむ」と泣き声がした。

慌てて声がしたほうに行くと、リンがベッドの上で毛づくろいをしている。

二人でへなへなと座り込んでしまう。

「もぉお、どこにいたのよ！」

「はー、心臓に悪い。首輪に鈴でもつけるかな」

「そのほうが安心かもね……」

脱力しながら笑い合う。西平が舟の頬に手を伸ばし、優しく包み込んだ。

「……舟、さっきの話なんだけど。俺、覚えてる」

「え？」

西平は一度視線を下げ、決心したように再び舟を見る。

「〝真面目でつまんない〟――確かに言ったよ。舟が思っているような意味ではないけれど……。真面目なのは舟の長所だ。でも、もう少し気持ちを楽にしたほうが楽しく過ごせるかもしれないよって思って、言った」

舟は黙って、西平の言葉を聞いた。

「いろんなヤツにさ、デリカシーがないって怒られた。本当にごめん。舟をすごく傷つけたんだってのも知ってる。だから、避けられて嫌われてるのも仕方ないって……」

西平の瞳に熱がこもる。

「でも、やっぱり、俺、舟のこと諦めたくなかったんだ。隣に住むなんて予想もしてなかった偶然に、これが最初で最後のチャンスだって思った。ずっと舟のことを想ってたから」

「ずっと？」

「ずっと。入社して以来、もう五年近くの片想いだ」

舟は目を丸くした。まさか西平が自分に長い間片想いしているなど考えてもみなかった。

西平は照れたように笑う。

「真面目で融通《ゆうずう》のきかない舟のことを可愛いと思ったんだ。損ばかりしているみたいで可哀想で、頼ってもらいたくて言った言葉で嫌われた。今さらかもしれないけど、本当にごめん。もっと早く謝ればよかったと反省してる。ただ、舟がその話をしたくなさそうで、蒸し返してよけいに嫌われたらと思うと怖かった」

「……西平って、ヘタレだよね」

「うっ。それだけ真剣に好きなんだ。本気で好きな子には嫌われたくないし、慎重になるもんなんだよ」

「ふっ、ふふ」

舟が噴き出すと、西平はふてくされたような顔になる。けれどすぐに笑顔になって舟を抱きしめてくれた。

「にし……。て、瑛人。仲直り、しよ？」

「……もちろん」

西平がぎゅっと一層強く舟を抱きしめる。

舟はこの時初めて、西平と付き合っているんだという実感を持った。


西平とのわだかまりを解消してから数日後。彼は三日ほどの出張に出かけた。今日は彼が帰ってくる日だ。

真夏の気温は高く食欲が湧かない。それでもお昼をどこで食べようか考えながら会社の廊下を歩いていると、声をかけられた。

ほんの少し開いたドアから指先が出ていて、こちらへ来いと手招きしている。声から手の主が西平だということはわかっているが、なんの用だろうか。

「西平？」

ドアの外から中を覗いたものの、姿が見当たらない。

一体どこにいるのか。

不思議に思い中に入ると、突然、陰から腕が現れ抱きしめられた。

「うわっ！　ちょっと」

「あー、もー、足りない」

「足りないって……」

ぎゅうぎゅうと抱きしめられるのは嬉しいが、ここは会社だ。

「もう、家に帰ってからだよ」

「無理、ごめん。本当ごめん。舟が欲しい」

そう言うと、西平が性急に口づけをしてきた。口腔《こうこう》へ舌まで入れてくる。濃厚な情事を想像させる口づけだ。

「んっ」

どうにか彼の熱い唇から逃げようとするものの、頤《おとがい》を掴まれ顔を固定されてしまう。

そして、顔中に口づけが降ってきた。彼の舌先が唇の隙間に出し入れされる。

すでに抵抗する力がほとんどなくなっているのに、西平は舟が自《みずか》ら唇を開くのを待っている。

舟は我慢ができなくなり、震える唇を開いた。

「……可愛い」

西平は目を細めて笑みを浮かべ、舌を舟の口腔《こうこう》へ滑り込ませた。

舟の舌を舌先で扱《しご》き、ぬちゅぬちゅとわざとらしく音を立てながら何度も唇を合わせる。

唾液が零れ始める頃、ようやく口づけを終わらせた。

舟はすでに息も絶え絶えの状態で、西平を睨んだ。

「ここ、滅多に人来ないし、鍵は俺が持ってる。内鍵もかけた、から、誰も、来ない」

そういう問題ではない。

わかっている。そんなことは当たり前のようにわかっているのに。

舌をちゅるっと扱《しご》かれ口蓋と頬裏を丹念に舐められると、抵抗する力がさらに抜けた。

西平の手がカットソーの中へ入り込み、下着をずらされる。擦れた胸の頂《いただき》が少し痛んだ。

「あんっ」

ちゅうっと吸われ、ぺろぺろと何度も舐められると、その刺激に頂《いただき》が尖りだす。

「あー、幸せ」

西平は舟の足下へしゃがみ込み、顔を見上げながら太ももの側面を撫でた。

「めくるよー。めくっちゃうよー」

西平は楽しそうに言って、舟のタイトスカートをまくり上げる。下着を晒《さら》され、舟は羞恥《しゅうち》で頬を火照《ほて》らせた。

「そうか、ストッキング穿《は》いてるのか。さすがに破いたらまずいよなぁ」

唇を尖らせながら西平が立ち上がり、舟を背中から抱きしめる。

諦めてくれたのかと思ったが、そうではなかった。

西平は胸の頂《いただき》をこすこすと擦りながら、もう片手をストッキングの中へ侵入させる。

舟のそこはすでに濡れそぼっていた。

「ぬちゃぬちゃだ」

「言わないでよっ。こんなふうなのは西平のせいでしょっ」

「そ、俺のせい。だから嬉しいんだって。じゃあ、とりあえずこのぷっくりしたところを弄《いじ》ってあげるね」

西平は舟の首筋に口づけつつ、ぷっくりと膨れた花芯をぐりぐりと刺激した。

「ひゃんっ」

舟は両手で口を覆《おお》い、必死に声が漏れるのを防ぐ。

ちゅっ、ちゅっ、と頬や耳に西平の熱を感じた。

花芯を指で挟まれると、絶頂を迎えそうになる。

彼の爪が花芯をひっかいた瞬間、舟はびくびくと身体を痙攣《けいれん》させ達した。

「そろそろっ」

もうこのまま流されてもいいかもしれないと思い始めたところで、スマホがブーブーッと鳴る。心臓がびくりと動き、舟は冷静さを取り戻した。

それでも抱きついてくる西平を、ぐっと手で拒否しながらスマホを見る。

「美玖が席取ってるから早く、だって。私、食堂に行くね」

「えー、俺のチャージ……」

「社内でこれ以上のいかがわしい行為は禁止です」

「えー、気持ちよかったのに？」

「怒るよ」

乱された服を正して、低いトーンで言うと西平はぴたっと止まる。なぜか「うす」と体育会系の返事をされた。

扉をそっと開けて廊下に人がいないことを確認してから、廊下に出る。時間差で出ればいいのに、西平は気にした様子もなく舟についてきた。

「どうして、もう少し待ってから出てこないの？　誰かに見られてたら、ナニかあったって思われるじゃない」

「俺的にはナニかあってほしかったんだけどなー。俺の彼女、真面目で可愛いから」

舟は思わず西平の肩を叩いた。

西平のストレートな愛情表現にはなかなか慣れない。

素直に受け止められればいいのだが、それができないのだ。

そんな反応の可愛くない舟を、西平はどこまでも可愛いと言う。

彼の目は大丈夫なのだろうかと不安になるが、悪い気はしなかった。

「ん？」

「どうしたの？」

西平が突然後ろを振り向く。

誰かがいるのかと舟も視線をやったが、特に何もなかった。

「誰かいる気がしたんだけど。気のせいかな」

「気のせいならいいけど。……あれ思い出す」

「ごめん、俺の気のせいだから、大丈夫だよ」

「うん……」

あの事件以来、お互い人の視線に敏感になっているのかもしれない。早く忘れなければ。

廊下の途中で西平と別れ、食堂にいる美玖と合流した。

冷やしうどんを食べていると、美玖がじっと見てくる。

「何？　うどん欲しいの？」

「違うわよ」

ならば、うどんのつゆでも付けてしまったのかと服を確かめるが染みはない。一体どうしたというのか。

「舟さ、彼氏できたでしょ」

「げほっ」

突然言われるとは思いもよらなかった。咳き込んでしまった時点で、図星だということはバレただろう。

「相手は……。まぁ、いいか」

相手が誰なのかを問いただされるかもと思ったのに、聞かれなかったことでかえって恐怖を感じる。

勘のいい美玖のことだ。もしかして相手が誰なのか見当がついているのかもしれない。

西平とのことは誰にも言っていないし、西平にも口止めをしていた。

社内恋愛は禁止されていないため彼は公言したいらしいが、西平のことを苦手だと周囲に零していたこともあり、恥ずかしいので舟は内緒にしていたい。

「そういえばさ、西平。最近あんまり飲みに出てないらしいんだよね」

「ふぅん」

できるだけ興味なさ気に答えを返す。

わざとなのか、美玖が西平の名前を出すので肩がびくんと動いてしまった。気づかれていないと思いたいが。

確かに以前に比べ、西平が早い時間に部屋にいることが多くなった。

以前は、平日は帰ってくるのが遅く、休日もだいたい朝から出かけているようだったのに、最近ではほとんど舟と一緒にいる。飲み会に行ったとしても深夜になることは滅多になかった。

「ま、西平のことだから何か考えがあってのことだろうけど」

「そう、ね」

かまをかけられているようで、居心地の悪い思いをしていると、美玖は話題を変えてくれた。

「それはそうと、舟は今度の慰安旅行、どこに行くか聞いた？」

「ううん、聞いてない」

「温泉だってさ」

「定番中の定番だねぇ」

この会社は年に一度慰安旅行がある。旅行先は様々だが、一番多いのが温泉地だ。旅館の時もあればホテルの時もある。

よほどの理由がない限り全社員、強制参加なので、舟は今回も参加する。面倒くさいが、これもまた社会人としてやらねばならないことだ。

一通り慰安旅行の話をして、昼食を食べ終えた。


午後の業務も問題なくこなし、この日は定時で帰宅した。

久しぶりにカレーを作っている時に、インターホンが鳴る。覗き穴を覗くと、案の定スーツ姿の西平が立っていた。

「どうしたの？」

「カレーの匂いがした！」

「食べたいの？　にし……瑛人の部屋に持っていく？」

舟が名前を呼ぶと、西平は嬉しそうにする。

「リンにもご飯あげなきゃだから、そうしてくれると嬉しい」

そわそわと部屋の中を覗く西平に、カレーが入った鍋を渡した。お皿の上にご飯をよそい、西平の部屋に持っていく。

「うっま！　久しぶりにレトルト以外のカレー食べた」

美味しそうに食べてる笑顔に見とれる。西平のために作ったわけではなかったのだが、作った甲斐《かい》があった。

リンは前足を机の上に載せじっとお皿を見ている。可愛いけれど、あげられない。

西平がカレーのお代わりをしたので、二日分のつもりだった鍋は空っぽになってしまう。

食後にコーヒーを淹《い》れてもらい、それを飲みながら舟は慰安旅行の話をした。

「瑛人も行くんだよね？」

「うーん。リンのことがあるから、気乗りはしないんだけどさー。俺が行くのは当たり前って感じで話、進んじゃってるんだよねー」

「そっか。リンがいるんだものね。預かってくれるところはあるの？」

「ねーちゃんに頼むつもり。こっから車で十五分ぐらいのとこに住んでるんだよね。ペット可なマンションだったはずだし」

しゃべりながら西平は、舟のこめかみや頬にちゅっちゅっと何度も口づけを落としてくる。嫌ではないものの恥ずかしい。

「あー、やっと舟に触れてるー」

「出張、そんなに大変だったの？」

「んー、まだ言えないんだけどさ。ちょっと進んでいる案件があって、その関係でしばらく忙しいんだよねー。舟とリンとの時間が削られると俺死んじゃう」

「そんなことで人は死にません」

西平は舟の肩口に鼻をくっつけて、くんくんと嗅《か》いでいる。さらに服の下に手まで入れてきた。

「ちょ、待って！　お風呂、お風呂先に入らせて」

「無理……。俺今日もうおあずけくらったし、どうしても入りたいなら一緒に入ろう！」

「なんで！」

今は真夏だ。汗をかいているし、カレーの匂いだってする。

どうにか逃げようとしたものの結局舟は、西平と一緒にお風呂に入ることを了承した。けれど狭い風呂場に二人でなんて入れるだろうか。

「ねぇ、お風呂一緒に入るなら、もっと広いところのほうがよくない？」

「……それって、ラブホってこと？」

「……んー……」

いくらなんでも大人が二人で入るには、マンションの風呂場は狭すぎる。二人で湯船に入ったら壊れる予感しかしない。

今回は諦めようと提案する前に西平が口を開く。

「なら、今から行く？」

「は⁉」

まさかそう返されるとは思いもよらなかった。

「明日も会社なんだよ？　今からわざわざラブホに行くためだけに出かけるの⁉」

「舟ってラブホみたいなところ嫌いかなーって思ってたから誘わなかったけど、ありなら行こう！　最近のラブホっていろいろあるらしいしさ」

西平は上機嫌で準備を始めた。こちらの言葉は無視である。

それから三十分後。二人はラブホテルのエントランスにいた。危険を回避しようとして悪化した結果だ。本当に自分は要領が悪いかもしれない。

なぜそんなにやる気満々なのかと、西平を問いただしたい気分だ。

舟が現実逃避をしている間に西平はさっさと部屋を決め、舟の手を取ってエレベーターに乗り込んだ。

舟の腰を抱き寄せ、唇も寄せる。

そうされると、舟は呆れながらも拒めないのだ。

南国風をイメージした部屋は広かった。テレビやカラオケセット、天蓋つきの大きなベッドが置いてある。

清潔に保たれアメニティグッズも豊富で、女性向けだと思われる細々《こまごま》とした化粧品も準備されていた。

大きなベッドに座るとふかふかで驚く。

「舟ー。お風呂沸いたー」

「はっ、忘れてた」

物珍しさに部屋の中を見て回っていたが、ここに来た西平の目的は一つだ。

いい加減腹を括《くく》ろうと、舟は立ち上がった。ぎこちなく風呂場へ向かう。

部屋のイメージに合わせているのか、バスルームも南国風の豪華なものだった。

ただ気になるのは、浴槽の中が白い泡でもくもくしていることだ。

「なんで泡風呂？」

「あったから！　普段家でやらないことやったほうが楽しいと思ってさ」

言いたいことはわかるが、普通はやらないのではないか。西平のこういうところがすごいと思う。

照れるということはないのだろうか。

そして、彼はすっと表情を変えた。舟を抱き寄せ、耳元で囁《ささや》く。

「ほら、脱いで」

「……っ」

壮絶な色気をまとった声に頭がくらくらする。つい一瞬前まではそんな雰囲気などなかったというのに、こちらを見る瞳はとても妖艶《ようえん》だ。

舟の身体から力が抜け、くたっと西平に寄りかかってしまった。

あぁ、なんて自分は簡単な女なのだ。

操《あやつ》られるように着ていた服を一枚ずつゆっくりと脱いでいく。

西平は風呂場の入り口で腕を組み、それを見つめていた。彼に裸体を晒《さら》す羞恥《しゅうち》に身体が熱くなる。

「やっぱり、舟は綺麗だ」

西平が近づいてきて、舟の二の腕に手を添えながら頭頂部や首筋にちゅっと口づけをした。

「さ、先に入る」

舟は西平を振り切って先に浴室に入る。

こんなふうに身体が熱くなり何も考えられなくなるのは普通なのだろうか。以前の恋人とはそんなことはなかったのに。

西平が特別なのかもしれなかった。

冷静になるため、冷たい水で顔を洗う。そして、温かいシャワーを身体にかける。

濡らした髪にシャンプーをつけて洗っていると、背後に気配を感じた。

西平が入ってきていたらしい。

背中に口づけをされるので、髪がうまく洗えない。

「もう！　髪の毛洗ってるんだから待ってよ」

「やだね。俺のことは気にしなくていいよ。勝手にするからさ」

背中から臀部《でんぶ》に西平の手が伝っていくのがわかり、びくんと腰が揺れる。洗髪に集中できない。

目を瞑《つむ》っていることもあり、身体がどんどん敏感になっていく。

熱い息が肩にかかり、臀部《でんぶ》に硬い何かが当たった。挟むようにそれを擦りつけられ、舟の口から甘い声が漏れる。

「あっ、はぁっ」

いつの間にか、舟の手は止まっていた。

「ちゃんと動かさないと、いつまでたっても洗い終わらないよ？」

「て、るとのせいでしょっ」

なんとかシャンプーを洗い流す。そして西平を睨みつけようと振り返ると、唇を塞《ふさ》がれた。

「ちょ、んっ」

髪に彼の指が差し込まれ、頭を固定される。腰もぎゅっと抱き寄せられ、舌を絡ませあう濃厚な口づけが続いた。

やっと離れたと思ったら、今度は首筋を舐められる。

「もぉ、洗わせてよ」

そう言うと、ぺろりと舟の唇を舐めようやく西平が離れたので、安堵《あんど》した。

「身体は俺が洗ってやるな。俺も頭洗うから待ってて」

その言葉に息が一瞬止まる。

男性はこういう展開に興奮するのだろうか。

舟は自分の髪にトリートメントをつけながら、機嫌よさそうに鼻歌を歌う西平を見る。

癖のある彼の髪の毛はシャンプーにまみれ真っ直ぐになっていた。

西平に洗われる前にさっさと終わらせようと、舟はトリートメントを流し、タオルにボディソープをつけて泡立てる。けれど、タオルをひょいっと取られてしまった。

「あ⁉」

「俺が洗うって言っただろー」

やはり間に合わなかった。

項垂《うなだ》れる舟を見て、西平が厭《いや》らしい笑みを浮かべる。舟の後ろへ回り、泡を手にとって直接背中を洗い出した。

背中から腕と、大きな手が身体を這いまわる。その手がお腹へ伸び、ぴったりと彼の体温が背中に重なった。

その大きさと熱さに、安堵《あんど》すると同時に興奮を覚える。

こんな複雑な感情、どう言葉にすればいいのかわからない。

胸の下と腋《わき》も念入りに洗われた。

彼の手で擦られるたびに無意識に身体が跳ねる。触れられた場所に熱が灯り、全身が火照《ほて》った。

熱気は溜まっていくばかりだ。

胸を揉みしだかれ、指と指の間に頂《いただき》を挟まれる。

「んんっ！」

何度も擦られ、指の腹で押し潰されているうちに、息も絶え絶えになっていた。

「も、そこばっか洗わないでよっ」

「いやいや、口に入るところだから丁寧に洗っておくべきだよ」

西平は何を言っているのだ。

馬鹿じゃないかと頭を殴ってやりたかったけれど、きゅっと頂《いただき》を摘《つま》まれて力が抜けた。

片方の手が胸を離れ、お腹から下腹部、そして秘所へと辿りつく。すでにぬかるんでいるそこに、ぐちゅりと指を挿《い》れられた。

「あっ……」

「ここ特に念入りに洗うから」

そう言いながら、西平は耳元で荒い息を吐き出す。そして奥まで差し込んでは浅いところまで戻すを繰り返し、膣内を確かめるようにぐるりと指で擦った。

宣言通り、どれぐらいかわからないほどぐずぐずに膣内を指で解《ほぐ》される。

舟の腰は愉悦で震えた。

壁に手をついていないと倒れてしまいそうだ。

西平はそんな舟の姿を見て嬉しそうに笑い、よりぴったりと身体をくっつけてくる。

「舟はあったかい」

「お、ふろだからでしょ……」

頭がぼうっとしていて、何も考えられない。

西平に身体を回転させられ、舟は壁に背中を預けた。全身についた泡をシャワーで綺麗に洗い流される。

しとどに濡れる秘所を指でくぱっと開かれ、そこに息を吹きかけられた。

「ああっ」

「ぐちょぐちょだ。舟の蜜は甘露《かんろ》みたいだから、いつまでも舐めてられる」

西平は舌舐めずりをして、秘所に唇を当てた。舌を膣内に捻じ込む。

くぷくぷと粘着質な音が室内に響いた。

西平は執拗《しつよう》に秘所を舐めしゃぶる。

恥ずかしくて、舟は腕で自分の顔を隠し目を瞑《つむ》った。けれど、それは間違いだったとすぐにわかる。

耳がいろいろな音を拾ってしまうのだ。

秘所を舐める音や、水が滴《したた》り落ちる音。そして何より、西平の荒い息遣いが聞こえる。

西平の舌が花芯を捕らえた。ちろちろと舌先で舐めてから、扱《しご》き、じゅっと吸い上げる。

「あぁあぁあっ、やだぁ。また、そこっ、そこ弄《いじ》られたら、すぐっ」

「すぐ？　イッちゃう？　俺はイッてほしいなー。舟の蕩《とろ》けた顔見ながら、ぐずぐずなココに俺のを挿《い》れたい」

花芯を甘噛みされた。

「ひぁあぁあ、あ、あ、あ、あぁあぁあっっ」

強烈な刺激に、舟は頭をがくがく振りながら達する。

「はぁっ、は、んっ」

全力疾走をした後のように喉が痛い。心臓がばくばくと鳴っていた。

そんな状態の舟の腰を西平が抱き寄せ、唇を塞《ふさ》ぐ。

「ん!?　んー！　んー！」

酸素が足りないというのに、より酸素を奪われ本当に意識が飛びそうになる。

窒息寸前で、唇が離れ鼻を擦り合わせられた。

「あー、可愛いなー。俺の舟は本当に可愛い。誰にも見せたくないし、この可愛さを他の人に絶対に教えたくない」

力が入らなくてだらりとしている舟を、ぎゅうぎゅうに抱きしめる。

「よし。舟にはもっと可愛い顔をしてもらおう」

「待って、言っていることがおかしいよ！」

「気にしない、気にしない」

壁に両手をつかされて、腰を掴まれる。

どこに置いていたのか、ビリッと包みを破く音が聞こえた。

西平が首筋をぺろぺろと舐めながら、肉茎をぬるぬるの秘所に擦り付ける。数回擦った後に、媚肉をかき分け亀頭をくぷりと挿《い》れた。

背中から首筋、そして肩も舐められる。

淫猥《いんわい》な音を立てて膣が熱い屹立《きつりつ》を咥《くわ》え込んだ。

膣奥を亀頭でぐりぐりと押され、快感で舟の目尻から涙が一滴落ちる。

「ん、んっ」

「マンションじゃないし、声もっと出していいのにっ」

「あぁあっ」

西平はぱちゅんと強く抽挿した。

我慢ができず、舟の口から甘い嬌声《きょうせい》が漏れる。

緩急《かんきゅう》をつけながら腰をグラインドされ、膣壁を擦られ穿《うが》たれる。

その動きに翻弄《ほんろう》されつつも、舟は西平の熱く荒い息遣いを聞いていた。

何度も膣壁を擦り上げられ、全身に快楽という痺《しび》れが蔓延《まんえん》する。舟は壁に爪を立て、悦楽の波を受け流そうとした。

けれど西平の舌に耳を嬲《なぶ》られ、ぞわぞわと腰が戦慄《わなな》く。

「あ、あ、んんっ、ああっ、てる、と、てるとぉ」

最奥を突き上げられた瞬間、チクッと肩に痛みを感じた。

愉悦を耐え切れず仰《の》け反《ぞ》りながら、また達する。

無意識に肉棒を扱《しご》くように膣壁が蠢《うごめ》いてしまった。

「くっ」

西平がうめき声を上げ、数度激しく抽挿する。

一際膨張した怒張が薄い膜越しに爆《は》ぜたのがわかった。出し切るように二度、三度、腰を動かしてから西平は萎《な》えた肉棒をぬぷっと抜き取る。

「久々だったから、すごい出た」

「そういうことは報告しなくてもいいから」

「見る？」

「見ない！」

なぜ好きこのんで避妊具に溜まった精液を見なければならないのだ。

ふんっとそっぽを向くと、西平は声を出して笑い、避妊具を風呂場の外のゴミ箱に捨てた。

彼に促《うなが》されるまま、舟は浴槽に身体を浸《つ》ける。後ろから抱き込まれるのかと予想していたが、西平は真正面に向き合うように座った。

「なんで正面なの？」

「舟の顔、あんまり見られなかったから」

「それは西平が後ろからしたのが悪いんじゃない。前も後ろからだったし、後ろからが好きなの？」

「あー、うん。多分、そうだと思う」

西平は視線をそらした。

「ねぇ、舟もっとこっち来て」

「え、何？　乗れってこと？」

「そ、乗って」

西平は膝の上に舟を引き寄せた。舟の視線が西平より上になる。

舟はなんとなく、西平の額《ひたい》に口づけた。

「えっ⁉」

「そんなに驚くこと？」

「だ、だって！　舟から何かしてくれること少ないしさ！」

西平は嬉しそうに舟の胸に顔をぐりぐりと押し付ける。

そんな彼の頭を優しく撫でていると、お腹に屹立《きつりつ》したものが当たった。

「ちょっと……」

「舟が悪い。会うのもするのも久しぶりだし、一回出したぐらいで終わるわけないだろ」

「え、えぇー」

明日も仕事だと説得を試《こころ》みたが、西平が止まるわけはなかった。

胸の頂《いただき》をちゅうっと吸いながら、下から突き上げるような仕草をする。

まだ挿入されてはいないのに、すでに交じり合っているような気分だ。

「挿《い》れたい」

「ゴム、ないでしょ」

いくらお願いされたとしても、それは駄目だ。真面目すぎると言われようと、それだけは譲れない。

西平はぎゅうっと強く舟を抱きしめてから立ち上がり、風呂場を後にした。舟も一緒に連れ出す。

舟は彼にされるがままに従い、タオルで身体を拭かれてベッドへ連行された。

「ねぇ、舟。俺のお願い聞いてくれる？」

「……やれることなら、いいけど」

西平が目の前に避妊具の袋を差し出した。舟はしばらく考えて、彼の言いたいことを理解する。

「やったことないから、違ったら言ってね」

避妊具を受け取って、その袋を破いた。

改めて見ると、不思議だ。こんなに薄いもので避妊されているのだから。

すでに勃ち上がった肉棒の先端には先走りが出ている。

舟は髪をかき上げながら、それを吸った。

熱い肉茎がぶるんと震える。

「きゃっ！」

「ご、めん。興奮して。まさか吸ってくれるなんて思ってもみなかったから……」

西平の言葉に、今まで自分が受身で何もしていなかったことを反省する。

そっと肉棒に避妊具をゆっくりとつけてあげた。

恋愛ごとも人付き合いも苦手な舟は、恥ずかしいだの常識外だの理由をつけて、素直に愛情を表現することをしない。そんな舟を西平は許してくれていた。

過剰なくらいスキンシップが好きな彼のことだ、寂しいと思っているに違いないのに。

舟はベッドの上に座っている西平に跨《また》がった。期待で濡れそぼっている秘所に膨れた肉棒を自《みず》から当てて、呑み込む。

「んっ」

「舟っ！　はっ、気持ちいい」

西平の身体をとんっと押し、彼がぼすんとベッドに沈むのを見つめる。

舟は腰を上下に動かした。

普段とは違う場所に彼の肉棒が当たり、気持ちよさに汗が出る。

ぐちゅぐちゅと結合部分から水が撥《は》ねた。シーツにお互いの水滴が混ざり合い染み込む。

「家だったらこんなことできないねっ。髪の毛濡れたままベッドに上がるなんて……」

「ラブホだから。――ところで、舟」

「何？」

「激しくする」

〝してもいいか〟というお伺いではなく、断定。

西平に腰を掴まれて、下からがつがつと突き上げられた。

その熱さに身体が仰《の》け反《ぞ》る。

「あぁっん、んあ、あ、あん」

「気持ちいいけど焦《じ》れったくて、頭壊れそう。もっと舟を犯したいって身体が言うこと聞かない」

「てる、とっ」

西平が上半身を起こした。きつく抱きしめられ、その状態で膣奥を刺激される。

舟は西平の首に両腕を回し、見つめ合いながら唇を重ねた。

隙間もないほどに一つになり、貪《むさぼ》り合う。

ごろんっとベッドに押し倒され、うねる膣壁に肉棒を擦りつけられた。

西平は舟の両脚を持ち上げ、膝裏から太ももをべろりと舐め上げる。

ぐっと両脚を舟の顔のほうへ押し曲げ、身動きできないように拘束された。

いつもはしない格好に、両脚が悲鳴を上げる。

西平に圧《の》し掛《か》かられ少しの自由も利かなくなった。

自然と息が荒くなる。

西平は熱に浮かされたようにひたすら抽挿を繰り返す。膣奥がぐりぐりと刺激された。

「あ、あ、んぁあ、あ、あああ」

先ほど達したばかりだからか、目の前がチカチカしてくる。

苦しくて気持ちよくて、脳髄《のうずい》が溶けてしまいそうだ。

彼の背中に腕を回し、無意識に爪を立てた。

西平の動きはより激しくなり、舟の足先から快感が駆け上がる。

「あ、あ、んんっ、ま、た……くるっ」

「舟、いいよ、俺も、もうっ」

「あぅっ、あ、あ、ん、あぁあん、あ、んぁああっ」

最奥をぐっと刺激されて、快感がはじけた。

西平の身体も強張り、膣内にある膨張した肉棒も震え爆《は》ぜる。

二人一緒にベッドに倒れ込み、手を絡め合いながら口づけを交わした。

「そろそろ出ないと」

「面倒くさいな。泊まってもいいんだけど、明日も会社だしなー」

重い身体をどうにか動かして、舟はのろのろとシャワーを浴びた。せっかく洗った髪の毛はぐしゃぐしゃだ。

肩がなんだかひりひりするなと思った舟は、風呂場を出て鏡を見た。

全身に赤い痕《あと》が残っている。つけられているだろうと覚悟はしていたが、こんなにたくさんあるとは予想していなかった。

「しばらくカーディガン着ないと駄目だなぁ……」

ため息をつきながら特に痛みのある肩を鏡で確認すると、そこに歯形がついていた。

「ぎゃぁっ⁉」

驚きすぎて女性らしからぬ声が出た。

それが西平にも聞こえたようで、慌ててこちらにやってくる。

「どうした？　何かあった？」

「何かあったって、これ！　瑛人の仕業でしょ！」

「……あ、えーっと」

歯形が残っている肩を指さすと、西平が視線をそらす。

道理で痛いはずだ。くっきりと痕《あと》が残るぐらい噛まれていたのだから。

「もー、夏なんだから見えるところにこんなのつけないでよ」

ぶつぶつと文句を言いながらドライヤーで髪の毛を乾かす舟を、西平はぽかんとした顔で見ていた。

一体なんなのだと首をかしげると、突進するように抱きついてくる。

その衝撃に舟はよろめいた。

「怒らないの？」

「はぁ？　怒っているでしょ」

そう答えると西平は嬉しそうに笑った。すりすりと頬ずりしてくる。

髪の毛を乾かすにはとても邪魔だ。舟はぐっと、手で西平の頭をどかした。

「邪魔、瑛人もシャワー浴びなよ。身体べたべたしてるでしょ」

「そうする」

なぜか西平はご機嫌で風呂場へ向かっていく。

「……変なの」

西平の支度を待って、二人で部屋を後にした。

第六章　夜の秋

翌日。舟は多少ふらつきながらも出社した。

大きなあくびをしてデスクに着き、社内に置いてあるコーヒーメーカーでコーヒーを淹《い》れる。朝の眠気覚ましにはブラックがちょうどいい。

「おはようございますー」

ちらほらと出社してくる人の中に、新人の足立の姿があった。

目が合ったので「おはよう」と挨拶をしたのに、なぜか一瞬黙り込まれる。

最初は気のせいだと思っていた。

けれど日を増すごとに、足立の様子がどことなくおかしくなっていく。はっきりと指摘できるほどではないのだが、舟の頼んだ仕事だけいつも少し遅いのだ。ミスも多い気がする。

今のところ仕事に支障をきたすほどではないので、自分の被害妄想かもしれない。そう判断した舟は、黙っていることにした。

とくに何事もなく、仕事をこなしていく。

ずっと考えている企画も少しずつ形になってきている。

そして、西平につけられた歯形が薄くなった頃、同期の飲み会が開催された。

舟は飲み会にあまり参加しないのだが、今回は参加することにした。

美玖に誘われている上、西平からも「来なよ」と言われたからだ。

ところが、当日飲み会が始まる時間になっても舟は社内にいた。

新しい企画のための資料が未完成なのだ。

自分の担当している部分はとっくに揃えていたのだが、足立の任されているものができていない。そんな状況で彼女が急に休んでしまったため、舟が代わりにやることになった。

さっさと終わらせようと、パソコンに向かいリサーチした統計をまとめていく。それが終わった時には、社内に人がほとんど残っていなかった。

「はー、終わった。飲み会どうしようかなー」

デスクにつっぷしながら、スマホに視線をやる。

すでに飲み会が始まって一時間はたっていた。

少しでも顔を出したほうがいいだろうか、それとも行かないと連絡を入れて帰ってしまうか。

その時、西平から【何時になってもいいから、終わったら連絡して】とメールが入っているのに気づいた。

舟は【今終わった】と連絡をして、会社を出る。

とりあえず顔だけは出そうとお店のほうに足を向けると、目の前に影が差した。

顔を上げると、息を乱した西平が立っている。

「わっ⁉　瑛人⁉」

「そんなに驚かなくても……。終わったって連絡貰《もら》ったから、迎えに来た！」

舟は零れそうになる笑みを堪《こら》え、唇をきゅっと横一文字にして西平を見る。

「そんなことして、付き合ってるってバレたらどうすんのよ」

「俺は別にいいよ。社内恋愛禁止じゃないし」

「……わかってる。わかってるわよ……」

西平は機嫌よさそうに舟の手を取って歩き出した。その手を振り払うことはせず、舟もぎゅっと握り返す。

「暑い日に手を繋ぐと、汗が心配」

「俺は舟の汗なら気にならないー」

「……変態」

ぶんぶんと繋いでる手を振り回すと、西平は楽しそうに笑っていた。

手を繋ぎながら居酒屋に向かい、お店の前で手を離した。

舟は入り口で西平と分かれ彼が店に入った後、少し間を置いて顔を出す。マイペースに飲んでいる美玖を探し、傍に座った。

「お、来たね！　お疲れさまー。大変だったね」

「そんなことは……、あるか」

生ビールを頼み、舟とは離れた場所に座る西平へちらっと視線を送る。抜け出していたのが誰にも気づかれていなさそうなことを確認して、美玖と話をした。

「仕事は終わった？」

「んー、なんとか形になったかなぁ。自分が中心の企画を今度こそ通したいから、もう少し売り出し方を詰めたいところ。この前の商品は、そろそろ試作品が上がってくるよ」

「はー、楽しみだねー！」

そんな話をしていると、同期の一人が舟を指さした。

「戸松！」

「何……」

怪訝《けげん》な顔をその同期に向ける。

彼は完全に酔っ払っており、顔が真っ赤でぐでんぐでんになっている。

「最近、変わった！」

「わかる。それ、わかる。最近の戸松さん、なんか変わった」

彼の言葉に他の同期も頷く。

「前よりも話しやすくなったってか、柔らかくなった。雰囲気が」

「えーっと、それは……どうも？」

それは結局のところ、以前は話しにくかったということだ。

そう言われても、自覚はあるので、もう傷つくことはなかった。変われたのなら少し嬉しい。

そして、それはきっと西平のおかげだ。

飲み会は夜の十一時まで続いた。

舟はカラオケへ雪崩《なだ》れ込む人たちを見送ってから電車に乗る。

電車に揺られながら窓の外を眺めた。

ぼんやりとしていると、近くに人の気配を感じる。そこそこ混んでいる電車なので最初は気にしていなかったが、それにしても距離が近い。

腰を触られた気がして、息を詰めた。

もしかして痴漢だろうか。

舟はゆっくりと後ろを振り返る。

そこにはよく見知った男がへらへらと笑って立っていた。

「カラオケに行ったんじゃなかったの？」

「行く振りして、走って同じ電車乗ったー」

「もう、いきなり触らないでよね。驚いたでしょ」

「だって、ずっと近くに立ってたのに一向に俺のほう見ないからさー。悪戯《いたずら》したくなった」

そう言いながら西平は舟の肩に顎《あご》を乗せる。

電車内でのこういった行為は恥ずかしい。

額《ひたい》をぺちっと叩き「真っ直ぐ立ちなさい」と怒ると、西平はのろのろと身を起こした。

「よかったの？　カラオケ行かなくて」

「いいよ別に。いつもの面子《メンツ》だし、この時間に舟を一人で帰すのは嫌だ」

「やっぱり過保護ね」

誰かに甘えることをしない舟は、心配されるとむず痒い気分になる。けれど、幸せだ。こんなに大切にされていると、胸が温かくなる。

最寄り駅で降りて、西平と手を繋ぎながら帰り道を歩く。

コンビニで飲み物を買ってマンションに戻る。部屋の前で口づけを交わして別れた。

＊　＊　＊

それから数日。舟は昼休みの時間、美玖に食堂へ呼び出された。

「これ、慰安旅行の予定表」

「私に見せていいの？」

「うん。問題ない」

美玖は総務部に所属しているため、今回の慰安旅行の日程組みや管理を行っている。

「ふぅん。今年は温泉付きホテルか」

「そー。社長とかは貸し切り風呂付きの部屋だよ。冊子には載せないけど」

「載せたら不満を言い出す人出そうだもんね。それで、私を呼び出したってことは、何か旅行であるの？」

美玖はにっこりと笑った。彼女が言うには、夕飯の時に総務の女子で出し物をやるそうだ。

「へぇ、何をやるかは、予定に書いてないのね」

「それは当日のお楽しみってやつよ。まぁ、こんなの喜ぶの、上の人らだけなんだけどさぁ。それで、舟、前に布を探してお店回ってたことあるよね？　どこかにいい生地屋さん知らない？」

確かに以前、舟は商品を買ってもらった人へのプレゼントとして布製の筆箱を企画したことがあった。

その試作品を作るために布を探して、いろいろな問屋を巡ったことがあったのだ。

「ちょっと遠いけど、会社から歩いて四十分くらいのとこに布の問屋が集まってる場所があるよ」

「安い？」

「んー、ものによる。選び方、次第かな」

「なるほど！　とりあえず行ってみる。後でメールしておいて！」

美玖からのお願いを了承し、デスクに戻る。

忘れないうちにと問屋の名前と詳しい地図を送った。

午後は、新企画の商品の販促方針とその意図をまとめたものを、プレゼンテーションソフトで作成する。これを最終的に営業部へ渡すことで、彼らの負担が大きく軽減するのだ。

定時を過ぎ、何人かが退社した頃、足立から彼女の担当分の資料が送られてきた。それを確認した舟は、驚いて口を開ける。

できてはいるが、リサーチ結果をまとめたグラフの数字が全て間違っていた。

足立を探すものの、すでに退社したのかデスクにはいない。さっきまでいたのに、早いことだ。

修正作業はそれほど手間ではないが、いくらなんでも見直しをしていなさすぎる。

舟は悩んだ末に、部長に相談することに決めた。

険しい顔でパソコンを睨みつけている部長の手を止めるのは忍びないが、ここで言わなければ改善されない。

「部長」

「ん、どうした？」

「この資料を確認していただけませんか？」

舟は送られてきたデータを数枚印刷し、部長に見せる。

「足立さんには一度注意をしたほうがいいと思うんです。ただ、私は直接の教育係ではありませんし、教育担当者か部長のほうから言っていただけないでしょうか？」

「んー、確かになぁ。でも、女性同士だしそっちのほうが話しやすかったりしないの？」

「こういったことは、どちらかというと男性に言っていただいたほうが効果があると思います。女性からですと、やっかみなどと勘違いされることもありまして。申し訳ないのですが、お願いいたします」

「わかった。それとなく足立さんに言ってみる」

プレゼン資料の修正は明日、彼女自身にしてもらうことにして、舟も帰宅した。

家に戻って、夕飯を作る。

西平と付き合いだしてから、舟はなんとなくきちんと料理をするようになっていた。

今日は生姜《しょうが》焼きだ。

炊飯器のスイッチを押し、生姜《しょうが》焼きのタレを作っているとインターホンが鳴る。

西平だろうと思いながら覗き穴を見てみると、リンの顔が見えた。

「え!?」

急いで扉を開けると、西平がリンを抱きしめている。

「早く入って」

急《せ》かすように言って、西平を部屋の中に入れた。

「もう、リンが腕から飛び下りでもしたらどうするのよ。前にいなくなって必死に捜し

「たのを忘れたの？」

「ごめん。リンも舟に会いたそうにしてたし、隣だから大丈夫かなーって思って」

リンは部屋の中をくんくんと嗅ぎ回り、すぐにリビングのクッションの上にリラックスして寝そべった。

「リンは人になつくタイプみたいなんだよなー。だから、外に出ても混乱することが、あんまりないっぽい」

「それで、どうしたの？」

「舟とご飯食べようと思ったんだけど、もう夕飯作っちゃった？」

「今、作ってる最中よ。二人分ぐらいあるし、食べる？」

「もちろん！　俺が買ってきた惣菜《そうざい》も持ってくる」

彼はリンを置いて自分の部屋に戻ると、惣菜《そうざい》を手に戻ってきた。

舟が作った生姜《しょうが》焼きと西平が買ってきた惣菜《そうざい》をテーブルに並べ、ご飯をよそう。味噌汁も用意した。

両手を合わせて「いただきます」と二人で食事をする。

リンがテレビ台の上に乗り、狙うような目で机を凝視した。

「リンが狙ってる」

「さっき飯やったんだけどなー。気をつけて食おう」

リンが食べてしまわないように注意しながら食事を終える。そして西平と並んで食器を洗った。

「後はいいから、テレビでも見てて。お茶持ってく」

「了解、ありがとう」

西平は舟のこめかみに口づけを落とし、テレビの前に座った。舟は照れているのを誤魔化すためにこめかみを撫でつけて、ほうじ茶を淹《い》れる。

それを手に西平の隣に座った。

「瑛人?」

彼の手が舟の頬を撫で、突然かぷっと鼻を噛んだ。

「ひぎゃぁ!」

「ぶはっ! 驚きすぎ!」

「なんっ、もう! 鼻に痕《あと》ついたらどうするのよ」

「大丈夫。甘噛みだから」

「噛み付き魔め」

西平はしまりのない顔をして舟を抱きしめた。

＊ ＊ ＊

翌日の午後。

部長が足立の教育係に話をしてくれたようだ。彼女は会議室へ呼び出されていた。

舟はようやくほっとした。

これで、彼女の仕事もよくなるだろう。

けれど戻ってきた足立は、舟にキツイ視線を向けてきた。

以来、足立の態度は日に日にひどくなっていった。

ある日の午後、舟はお茶を飲むため給湯室に向かった。入ろうとすると、足立の声が聞こえてくる。思わず足を止めた。

「ほんっと戸松さんって勘違いしてて痛い人よねー。三十路手前で焦《あせ》りすぎてんのが見え見え。みっともないわー」

「奈々ちゃん、言いすぎー。でも、わかるー」

「でしょぉ？　だから、散々避けてたくせに西平さんが優しいからって、手の平返したように迫ってるのよ。西平さんの好みでもなんでもないのに」

「西平さんの好みって？」

「可愛いタイプ」

「真逆じゃん。うけるー」

このタイミングで給湯室に入るのは躊躇《ためら》われた。

そもそも西平とは付き合っているわけではない。足立の言った好みのタイプだって怪しい。

確かにかつて〝つまらない人間〟と言われたことはあるが、本人から直接そういうつもりで言った言葉ではないと謝罪されている。

「自分がちょっと仕事できるように見えるからって、こっちがミスすると嫌みったらしくため息ついてさー。なんでできないのって態度に出すところとかむかつくんだよね。気になるならお前が直せばいいだろーって感じ」

「働いてるのが長いってだけで、ふんぞり返られても困るよね」

舟はぐっと唇を噛んで踵《きびす》を返した。

足立の言葉がぐるぐると頭の中を回る。

自分では気づかなかったけれど、ちょっとした態度が嫌みと取られていたのか。

悪気はないとはいえ、舟はひっそりと反省した。

だが、同時に腹も立ってくる。

舟の態度はともかく足立のミスはミスなのだ。社会人である以上、仕事はきちんとしてほしい。

それともそう考えることこそが、傲慢《ごうまん》なのだろうか。

そんなふうに悶々《もんもん》とした気持ちを抱え、午後の仕事が始まった。

そこで舟は、足立に頼んだはずの会議室の確保ができていないことに気づく。

会議は社外の人間との打ち合わせで、すでに先方にも連絡済みのものだ。

運の悪いことに予定していた時間の前後を含めても空きがない。

舟は柄にもなく怒鳴り散らしたくなった。

すぐに総務に連絡を取ってどうにかできないか相談する。

社内の小さな会議が一つあり、それならば翌日にまわしても問題ないと言われ、空けた会議室を確保してもらえた。時間は予定より一時間早い。

舟は先方と部長に時間の変更を連絡し、何度も謝罪した。

それが終わってほっとしたのも束の間、営業に渡す資料のデータを足立が間違えて初期化した。

彼女いわく修正をして上書き保存するつもりだったが、操作を間違えたそうだ。

涙を浮かべながら説明する足立を、教育係と部長が泣くなと慰《なぐさ》めている。

舟にしてみれば泣いて謝られたって許せるようなものではなかった。

唇を噛みしめ、バックアップ機能で復元する方法をネットで検索し、なんとか元の状態に戻す。

それを部長たちに知らせると、彼らは安堵《あんど》の表情を浮かべた。けれど、目の端に映った足立は片眉を吊り上げている。

舟はわざとだと直感した。

これは嫌がらせの範疇《はんちゅう》を超えている。これでは仕事の妨害だ。

息を吐いて、怒らないようにと自分に言い聞かせる。

これ以上ひどくなるようであるならば、もう一度部長に相談しよう。そう決めて、この日は足立に何かを言うことはしなかった。

それから毎日、足立からの小さな嫌がらせは続いた。

舟への電話の伝言を忘れたり、お菓子を配りそびれたりなど様々だ。お菓子に関してはどうでもいいが、仕事に支障をきたすものは困る。

全ては足立のミスなのだが、なぜか部長には「最近集中できてないんじゃないか」と舟が咎められた。

ついに足立は舟に指示された通りに入力したと言って、頼んでもいない不備だらけの書類を作った。

その書類を必要としていた同僚にため息をつかれる。

「私では……」

「言い訳しないでください。戸松さん最近仕事に身が入ってませんよね？　自分のミスを足立さんのせいにするなんて、らしくないです」

それはそうだ。

舟は自分のミスは自分のせいだと思うし、自分が教えていた人間のミスも自分の指導不足によるミスだと認識している。

けれど、今回は違う。舟に非は一切ない。

なのに、それを口にしても信じてもらえなかった。

なぜかいつの間にか、舟が足立の指導に口を出したがっていることにされている。足立がそう触れ回っているのだ。

真面目に誠実にを心がけて仕事をしてきた舟よりも、みんな、愛嬌がある足立の味方をするのだろうか。

これ以上このままにしてはいけないと思い、舟は足立を給湯室に呼び出した。

「何がしたいの？」

「何がって、何がですかー？　私はただ戸松さんに言われた通りに仕事をしてるだけですよー」

「仕事って……。どうして電話があったことを伝えないの？　指示なんか出してない仕事を任されたと言い張って、ミスを人のせいにするのが仕事なの？　私のことが嫌いなのは構わないけど、仕事はきちんとして」

「何を言ってるかわからないんですけどー」

「そう……」

全身が震えるほど憤怒した。

怒りで拳《こぶし》を握りしめていると、後ろから声をかけられる。

「戸松ー、言いすぎだぞー」

「西平⁉」

「ごめん、ちょっと聞こえた。まだ社会人になったばっかなんだしさ、これからだろ？　戸松が言わなくても大丈夫だよ」

「西平さん！　いいんです。私が仕事ができないのは本当なんです。だから、戸松さんが悪いんじゃないんです」

わざとらしく下を向いて鼻を啜《すす》る足立に、舟は唖然とした。そして、彼女の味方をする西平にも腹が立つ。

「……もう、いいわ」

西平の脇をすり抜ける。

彼は舟を追ってこようとしたが、足立に捕まった。絡まれた腕を外そうとしていないのが目に入る。

足立のことを西平に相談してはいなかった。

誰にもこの話はしていないし、する気もない。

その後、舟は一人で足立に妨害された仕事をカバーした。仕事が終わった時には、もう誰もフロアに残っていない。

パソコンの電源を落として、デスクの上のものを片付けているとボタッと水滴が落ちる。目の前が滲《にじ》んで何も見えなくなった。

舟は深く息を吸い込んで目をぎゅっと瞑《つむ》り、涙を拭く。

泣くようなことではないと自分に言い聞かせた。

西平からは何度も連絡があったが、全て無視していた。今会えば、彼を罵《のの》り傷つけてしまいそうだから。

机につっぷしていると、脳内の自分たちが会議を始めた。

『してやられたって感じ』

『あのタイミングで彼が来るとは思わないわよねぇ。もしかしたら彼、付き合ってみたら思っていたのとは違う、〝真面目でつまらない人間〟はやっぱり好みじゃない、と思ったのかもね』

『そもそも彼は何も知らないんだから、責めるのは筋違いでしょ？』

『たとえそうだとしても、全面的に味方してもらいたいのが女性ってものじゃない』

脳内会議はどんどんヒートアップしていく。

「……うるさい」

脳内の話だというのに、舟は悪態をつく。頭を振って、考えるのをやめた。

もう何も考えたくはなかった。


そんなふうに西平を避け続けて一週間。気づけば夏は終わり、九月になっていた。

西平はこまめに連絡をくれ、部屋を訪ねてきてもくれていたが、舟は会いたくないのと、気まずさで無視を続けている。

段々、引っ込みもつかなくなっていた。

「あー付き合っていても可愛くない……」

素直に話をできない自分と、西平がなぜ付き合ってくれているのか、不思議で仕方ない。

「はぁ、こんな状態で旅行かぁ」

舟は荷物を鞄に入れながらため息をついた。

旅行には西平も足立も来る。

正直行きたくない。

けれど、このままずっと逃げ続けるわけにもいかなかった。

旅行中に西平と話そう。そう決めて、舟は眠りについた。

第七章　秋暑し

九月とはいえ、照りつける太陽は夏のまま。ここ数年、秋が消えてしまった印象がある。

今日は慰安旅行の日だ。

舟は大きな鞄を肩からさげ、集合場所に立っていた。

たった一泊だが、化粧品などの必需品を入れると荷物は多い。

スマホを弄《いじ》っていると、西平から【リン預けたから今から向かう】という連絡が来た。

舟が返事をしないことはもうわかっているだろうに、律義だ。

彼はリンをお姉さんの家に預けると言っていた。それほど遠くないと聞いているので、十五分もすれば来るだろう。

舟は真っ白のままの返信画面を見つめた。

「舟ー、おはよ」

「おはよ、美玖」

美玖が到着し、舟に声をかける。彼女も舟と同じぐらい鞄をぱんぱんにしていた。

互いの荷物を見て、笑い合う。

「どうしても、このくらい必要なのよね」

「そうそう。なんだかんだって荷物多くなるもん。……けど、あれは何泊するんですかって感じだね」

美玖が呆れたような視線を向けた先では、新人の女子社員が数名集まって話をしていた。

その中に足立がいる。彼女は大きめなキャリーバッグを持ってきていた。

ただ、それ自体は目くじらを立てるようなことではない。

「っと、そろそろ出発の時間かな？　ごめんね。私人数の確認とかしないといけないんだ」

「うん。頑張ってねー」

舟はひらひらと手を振って、美玖を送り出した。

彼女が他の総務の人間と一緒に点呼を取っているのをぼんやりと眺める。

もう出発するという時間になり、やっと西平が到着した。

「うわー、俺もしかして最後？」

慌てて営業部の同僚のほうへ走っていく彼とは、目が合わなかった。

これが付き合うまでの自分と西平の距離だったなと、寂しくなる。

自分で避けていながら本当に勝手だ。

すぐにみんな、割り当てられたバスに乗り込んでいく。部署ごとに分けられているので西平とは別のバスだ。

舟が座席に着いてしばらくすると、美玖が疲れた顔で隣に座る。

「もー、朝から疲れた」

彼女は、なかなかバスに乗ろうとしない社員たちをなだめすかして全員を車内に入れたところだ。

大人なのだからもっとスマートにと思うが、仲のよい人間と同じバスがいいなどとごねる人間が毎年出る。

すぐにバスは出発し、渋滞にもまきこまれずホテルに着いた。

バスを降りた瞬間、花の香りが鼻腔《びこう》をくすぐる。

ホテルに併設されている庭園かららしい。舟は伸びをした。

「んー、身体がバキバキいう」

「ずっとバスの中だと痛くなるよね。じゃあ私、部屋割りの指示してくるね」

すでに部屋に入れる状態になっているようだ。

今回のホテルはいつもよりグレードが高く、サービスがいい。

すぐ近くにいた新入社員の女子がきゃっきゃっと話している声が聞こえた。

「奈々聞いた？」

「ん、何を？」

「今回のホテル。西平さんの口利きらしいよー」

「えー、どういうことー？」

奈々——足立の会話を聞く気はなかったが、西平の名前が出たので舟は無意識に耳をそばだててしまった。

どうやら今回のこのホテルは西平の営業先の紹介だったらしい。ずいぶん格安で泊めてくれることになっているそうだ。

道理でいつもより数段いいホテルなはずだ。

相変わらず西平は如才《じょさい》ない。

そんなところもやっぱり好きだと思い、つきんと舟の胸が痛んだ。

重い荷物を肩に持ち直して、ロビーに向かう。

ロビーでは、数名の社員が部屋割りでもめていた。結局、総務課長が「自分たちで好きに交換でもしろ」と場を収める。

一泊くらい我慢できないものなのだろうか？

舟はため息をついて、自分の部屋割りを確認した。舟は美玖と二人部屋だ。旅行の手配を任されている総務部の美玖が決めたに違いない。

誰と相部屋でも文句を言うつもりはなかったが、ほっとした。

「舟、舟、こっち来て」

「何？」

その美玖が舟を手招きしている。

「ここのホテル、浴衣を貸してくれるんだって。柄も好きなの選べるの！」

「へぇ、すごいね。柄が選べるのって一泊だけだとしても嬉しい」

同期が固まって浴衣の柄を見ていた。男性陣は「どれでもいい」という意見ばかりだったけれど。

ふと、西平と視線が合う。

彼が手に持っている浴衣を自分の身体に当てた。地味な灰色のもので似合わないわけではないが、明るい彼にはもっと華やかな柄のほうがイメージに合う。

思わず首を小さく振った。

舟が反応したからか、西平はとても嬉しそうに笑って、青のストライプの浴衣を取り再び身体に当てる。

無視するのは大人げない。

仕方なく、舟は一つ頷いてみせた。

自分も赤い鞠《まり》の絵柄のものを選び、美玖と共に割り当てられた部屋に向かう。部屋は広めの和室だ。そこに荷物を置いて一息つく。

だが美玖は宴会の準備があるため、すぐに部屋を出て行ってしまった。

一人で部屋にいてもやることがないので、舟は温泉に入ることにした。

このホテルは最上階に大浴場があり、一階に露天風呂とハーブ温泉がある。露天風呂は海までほんの数メートルという距離で、景色を楽しめるそうだ。

舟はまず大浴場のほうを選んだ。

脱衣所に入ると、誰もいない。ただ、籠《かご》に服が置かれているので浴室のほうには先客がいるだろう。会社の人だろうか。

知り合いの前で裸になるのは少し恥ずかしいが、せっかくの温泉を楽しめないのはもったいない。

舟は服を脱ぎ、髪の毛を一つにまとめてアップにする。小さなタオルを手に大浴場に足を踏み入れた。

思わず感嘆の声を上げる。

「広くて綺麗ー」

先客が会社の人ではなく知らない人だったのもよかった。

さっそく、身体を清めて、足先からゆっくりと温泉に入った。

「んー、気持ちいい……」

美玖が戻ってくるまで一時間ほどしか時間がないので長湯はできないが、充分癒《い》やされそうだ。

舟はしばらくお湯に浸《つ》かり、堪能してから温泉を出た。

服を着て部屋に戻ってもまだ、美玖は宴会の準備から帰ってきていなかった。

簡単に化粧を済ませテレビを見ていると、ようやく戻ってくる。

「あー！　つっかれた！　舟、軽く食べて庭園見て回ろう！」

「うん。さっきパンフレット見てたら、ハーブの石鹸《せっけん》やラベンダーのアイスがあるみたいだったよ。宴会前まで遊ぼう」

「よし、行こう」

外には同じように遊びに出ている会社の人たちがいた。

海岸のほうに視線をやった舟は、西平を発見する。

東郷たちと数人でボールを投げ合っている。東郷が投げたボールが西平の頭上を越え、遠くに飛んでいった。

西平はそれを追いかけていき、砂浜に足を取られて海に全身ダイブする。

そんな彼を東郷たちが指さして笑った。

まるで高校生のようなはしゃぎぶりだ。

「うわー、あれ西平びしょ濡れじゃない？」

舟が海岸を見ていたからか、美玖もその様子を見ていた。呆れたように言う。

「風邪ひきそうだよね」

「ねぇ。いくら旅行だからってはしゃぎすぎでしょ」

美玖が肩をすくめる。舟は小さく笑って「行こっか」と呟《つぶや》いた。

地図を手に色とりどりの花々が咲き誇る庭園の道を歩く。

ここは有名なデザイナーが十年をかけて造ったものらしい。

イングリッシュガーデン形式で、薔薇《ばら》のアーチがあちらこちらにあった。

見上げると空の青に薔薇《ばら》の鮮やかな赤が綺麗なコントラストを作り、心を打つ。

「素敵だね」

「なんか知らなかったのが、もったいないって思えるくらいだねー」

道の途中にはハーブのお店と工房があった。そこでラベンダーのアイスを食べる。

薔薇《ばら》の紅茶と石鹸《せっけん》も買い、自分の好みに合わせてハーブティーをブレンドしてもらった。

そんなふうにゆったりとしていると、すぐに宴会が始まる一時間前になる。

「美玖は少し前に宴会場に行っていないといけないんだよね」

「これからがまた大変ってのが、嫌だなー」

「こういう時の総務は本当キツそうだね。ゆっくりできないし」

「まぁね。その代わりにいろいろと特権を使ってやるんだー」

一緒に部屋に戻り、もう一度化粧を直す。

夕食時にばっちりメイクというのも変なので、ナチュラルメイクを心がける。

美玖が出ていってからスマホを手に取ると、西平から写真が届いていた。海で拾ったらしい綺麗な色をした貝やシーグラスが写っている。

西平とのことをどうしよう。

話し合おうと決めたのに、なかなか実行できない。

彼のことになると、すぐ逃げ腰になってしまう。

「とりあえず、おつまみ買ってこよう」

宴会で気疲れするだろう美玖のためにおつまみを用意しようと、売店に向かうことにした。

売店では東郷たちが土産物《みやげもの》を物色していた。こちらを向いた彼と目が合う。

「あ、戸松じゃん」

「東郷たちも売店で買い物？」

「そ、明日も時間あるけど念のため先に買っておこうという話になってね。あと、ビールとかも欲しいし」

舟はもしかしてと思い、辺りを見回した。

けれど西平の姿はない。

残念なのか、安心したのか自分でもわからないため息をつくと、頬に冷たいものが当たった。

「きゃぁっ！　な、何⁉」

「悪い悪い！　まさかこんなに驚くとは思わなくてー」

西平が舟の頬に缶チューハイを当てていた。

「お、驚くに決まってるでしょ！　子どもみたいな悪戯《いたずら》しないで！」

ひんやりとした頬を手で擦る。驚きのあまり、自然に声が出ていた。

そこになぜか足立たちもやって来る。

「戸松さん、びっくりしましたぁ。あんなに大きな声で怒らなくてもいいのにー」

「……足立さん」

別に怒ったつもりはないが、ここで言っても言い訳にしかならないので、舟は口をつぐむ。

足立は風呂上がりのようで、洗面道具を手にしていた。

彼女は西平の腕に自分の手を置いて、しなだれかかっている。

西平と恋人同士であると公言していない以上、舟に文句を言う資格はない。はたから見れば、西平はフリーなのだから。

それは舟が望んだことなのに、なんだか悔しい気持ちになった。

「いやいや、あれほど驚いてくれるなんて、悪戯《いたずら》した甲斐《かい》があったよー」

西平はやんわりと言い、さりげなく足立の手を取る。

すると足立は勝ち誇ったような顔を舟に向けたものの、すぐにその手は離された。

「足立さんたちは温泉帰り？　俺たちは同期でお祭り広場のほうへ行くんだー。また宴会でね」

西平は『同期で』を強調して、東郷のほうに視線をやる。

雰囲気を察したのか、もともとそういう話だったのか、東郷がそれに合わせた。

「おう、そうだったな。これだけ買ってくるから待ってろよ」

「戸松も、早く！」

「う、うん。五分だけ待って」

舟は急いでビールとおつまみのセットを購入した。

足立はさすがに諦めたのか、舟が買い物を終えた時にはその場にいなくなっている。

西平は一人でスマホを弄《いじ》っていた。

「今、他のヤツらにも声かけてみた。というか、戸松一人なの？」

「……うん。美玖は総務だから、宴会の準備があるんだって」

「大変だなー。ってことは、総務と人事のヤツらは無理かー」

そうぼやく西平をよく見れば、自分が選んだ浴衣を着ている。

舟は口元がにやけそうになるのを抑えた。

恐らく彼は、足立を追い払ってくれたのだ。

しばらく招集をかけた同期を待ち、一緒にホテル内の『お祭り広場』なる場所に向かった。

そこはレトロな空間になっており、射的の屋台や駄菓子の量《はか》り売りがある。

「西平、射的勝負しようぜ！」

「なら、勝ったほうが駄菓子千円分な」

「よしのった。俺の射撃の腕をこんな場で見せる日が来ようとは！」

東郷と西平が射撃の勝負を始める。

自信ありげな東郷に西平が圧勝し、舟は声を上げて笑った。

「あはは、うっそ、あんだけ言ってたのに……！」

そんな舟を見て、同期の一人が言う。

「最近の戸松って、やっぱり雰囲気変わったよなー。すごくいいと思う」

「そう？　ありがとう」

不意に西平と目が合った。無意識に笑い返してしまい、ハッとしてそっぽを向く。

同期たちは舟を取り囲んだ。

「なんか今、戸松大変そうって聞いたけど、大丈夫なのか？」

「え？」

「連絡ミス連発したり、指示出し間違えたりって噂が聞こえてくるんだよな。でもそれ本当に戸松？　って感じがして、にわかに信じられないんだよー。西平なんかも絶対に違うだろって言うし」

東郷がそう言う。

舟はそれを聞いて驚いた。そんなことが他部署にまで噂になっているとは思わなかった。

「だって、戸松って、そういうの人一倍気にするタイプじゃん。足立さんともほとんど接点ないのに、彼女に指導してるってのも変だしさー」

西平も口を出す。

彼こそ舟が足立をしかりつけているところを見ていたのに、そんなふうに思っていてくれたなんて。

「さ、いきん。ちょっと、いろいろあって。どうにかしたいなーって思ってるんだけど、そのまんまにしちゃってる――」

「戸松、何かあるなら言って。俺……ら、が味方だから」

西平が勢い込んで言った。

もしかして、ずっとそう言ってくれようとしていたのかもしれない。そう思うと申し訳ない気持ちと、嬉しい気持ちで胸が苦しくなる。

「ありがとう。でも、今は旅行中だから……楽しもう」

舟がそう言うと、西平は悲しそうに眉を寄せた。けれど、それ以上は何も言わない。

気がつくと宴会が始まる時刻が迫っていたので、一度解散することになった。

エレベーターの一番奥に西平と隣り合わせで乗り込む。

指先に触れる熱を感じた。

舟は指先を絡め合わせる。けれど、エレベーターが到着したと同時に離した。


宴会は予定から五分ほど遅れて始まった。

社長の長い話に続いて乾杯になる。

食事は地場の旬野菜と鮮魚をふんだんに使った郷土料理だ。さすがに高級ホテルだけあり、美味しい。

舟はさくさくの天ぷらとお刺身に舌鼓《したつづみ》を打つ。

ふと西平に視線を向けると、彼は挨拶回りをしている。

途中、女性社員を上司から庇《かば》ったりと常に周りに気を配り、忙《せわ》しなく動いていた。

そして一時間もすれば、無礼講となる。

気づけば隣に東郷が座っていた。

なぜ、東郷――？

「戸松、飲んで飲んでー」

「私は充分飲んでるよ。東郷こそ足りてるの？」

「すっげー、飲んでる。……ところでさ、お前いいのか？」

「何が？」

東郷は舟の耳元へ顔を寄せ、ある一点を指さす。

「あれだよ。あれ」

西平が新入社員の女性数名に囲まれていた。

いくら女性からとはいえそれではセクハラだろうというほど身体を触られ、ビールを注がれている。

西平は困ったような顔をしつつも、逃げることができず注がれたビールを飲んでいた。

「……いいのかってどういうこと？」

もしかしたら西平と仲のいい東郷は知っているのかもしれないと思うが、一応とぼけてみる。

「前さ、フットサルやるのに人数足りなくて西平に電話したんだよ。そうしたら、早朝だってのに、女が出たわけ」

「……そ、それが？」

「最初わかんなかったんだけど、よくよく考えてみたら、あの声、戸松だったなーって思って。そんでよく見てみたら西平への態度が軟化してるし、雰囲気柔らかくなってるし？　多分ほとんどの同期連中は気づいてると思うよ、西平がわかりやすいから」

「ぐぅっ！」

東郷はにっこり笑って、もう一度西平を指さした。

「隠す意味あんの？　誰も邪魔しないと思うけど、西平の片想いは有名だったし」

「何それ、そんなに有名なの⁉　もー、いいでしょ！　今さら恥ずかしい……」

「そういうもの？」

東郷はあまり納得していないような顔で頷いた。

「まあ、それじゃ俺が我らの出世頭を助けにいきますかね」

そして、立ち上がって行ってしまった。

「東郷、……ありがとう」

彼にだけ聞こえるような小さな声で礼を言う。

東郷は振り返って、手をひらひらとさせた。

宴会は続き、総務部の一人がマイクを持つ。

「では、これから総務部と人事部によるパフォーマンスを開催いたします！」

宴会場が暗くなり、音楽が鳴り始める。

壇上にスポットライトが当たると、そこには女子高校生のような制服姿の女子社員がいて、音楽に合わせて踊り出した。

美玖も制服を着て踊っている。振り付けも完璧に覚えているのは、さすがだ。

舟は美玖たちの写真を撮る。

布の問屋を探していたのはこの衣装のためだろう。

一際音楽が盛り上がり、真ん中に光があたると総務課長が女子の制服姿で登場した。ポーズを決める。

その瞬間、宴会場はおおいに沸いた。

まさかあの課長が女装するなんて誰も思っていなかったに違いない。

彼は大学時代にアメリカンフットボールをやっていたそうで、身体がとても大きく筋《きん》骨隆々《こつりゆうりゆう》なタイプだ。

そこがいいのだと女性社員にファンも多い。

曲が終わり、宴会場全体に拍手と笑い声が響き渡った。

美玖が制服姿のままこちらへとやってきて、舟の隣に座る。そして、舟が飲んでいたビールをぐびぐびと飲んだ。

「あ、もう。動いた後すぐに飲むのはよくないよ」

「平気平気！　これぐらい動いたうちに入らないって」

「そう？　それにしてもすごいね。何より、課長……。衣装作るの大変だったでしょう？」

「あー、女子の制服は既製品。ネットで売ってるのよー。さすがに課長サイズのはなかったんで作ったんだけどね」

そう言って笑う。

パフォーマンスからしばらくすると、盛り上がりをみせた宴会は終わった。

みんな、ぱらぱらと自分の部屋に戻り始めている。

西平はぐでんぐでんに酔っ払った上司から女子社員をうまく逃がしていた。

彼はこういう時に率先して楽しむタイプに見えるが、実はいつも周囲に気を遣っている。

また一つ西平のことを知って、胸がときめく。

ほとんど人がいなくなってきた頃、舟も部屋に戻ることにした。美玖はまだ片付けが残っているため戻れないという。

部屋に向かう途中、西平の背中を発見した。今度こそ声をかけようとした舟は身体を強張らせる。

彼は一人ではなかった。

なんと、足立を支えながら彼女と共に部屋に入っていく。

「……は？」

舟は呆然とその場に佇《たたず》んだ。

もちろん理性では、西平が純粋な親切心で酔っ払った足立を送ってきたのだとわかっている。

けれど、どうしようもなくムカムカとした。

踵《きびす》を返してエレベーターを待つ。イライラしすぎて片脚で地面をコツコツと叩いた。

ちょうど、エレベーターに乗り込んだ時、西平が廊下に出てきた。舟に気づいて、嬉しそうに笑いこちらへ近寄ってくる。

舟は無表情で閉ボタンを連打してエレベーターの扉を閉めた。

閉まっていくドアを見て、西平が目をぱちぱちと瞬《またた》かせる。

少し舟の溜飲《りゅういん》が下がった。

彼の反応から足立と何もなかったことは明白だが、それでも今は西平の顔を見たくない。

向かった庭園はライトアップされ、夜でも散歩ができるようになっていた。

舟は庭園の奥へ進む。

昼間の雰囲気とは異なり、風に煽《あお》られて木々が揺れるのが不気味だ。

人の気配はまるでなく、舟は真っ暗な世界に一人きりになったような気分になる。

ザァーッと風が通り抜け、舟の浴衣が揺れた。

西平の顔が頭に浮かぶ。

言い訳の機会も与えず避け続け、誤解だとわかっているのに怒る——

自分はなんて身勝手な女なのだろう。

どんなに愛されても足りないと嘆くくせに、愛してもらう努力はしないのだ。いつも西平にだけ手を伸ばさせる。

舟は自分の頬をぽりぽりと軽くかいて、身体を反転させた。

「戻ろう。それで、きちんと西平に向き合わなくちゃ」

来た道を戻っていると、前方の木がガサガサッと揺れた。

突然、人影に抱きすくめられる。

「ひぃっ！」

舟は思わず引きつった声を上げ、人影を振り払い走り出した。

きっと変質者に違いない。下着泥棒の男を思い出して恐怖が蘇《よみがえ》る。

ホテルに駆け込み、バンッと音を立てながらエレベーターのボタンを押した。タイミングよくドアが開いたので、急いで乗り込む。ドアが閉まると、やっと落ち着いた。

ふらふらと歩きながら部屋に戻り、座り込む。すると、すぐに部屋のインターホンが鳴る。

恐る恐る確認すると、息を乱す西平の姿があった。

「……瑛人？」

舟は思い切って扉を開け、彼を招き入れる。

西平は勢いよく舟を抱きしめた。

「一人で暗い庭園なんて行って、何かあったらどうするんだ！」

「え？　探してくれたの？」

「そうだよ。目が合って急いで追いかけたけど、海に行ったのか庭園に行ったのかわからなくて。海のほうに行ったけど見当たらなかったんで庭園に向かったんだ」

乱れた浴衣に、砂まみれの足。汗に濡れた髪の毛と赤い頬。

彼が舟を探し回ってくれたのが、よくわかった。

「庭園で舟を見つけたのに、俺の制止も聞かないで全力で走り去るから、心臓が止まるかと思った」

「あれは瑛人だったの。……ごめん。心配かけた」

「頼む。俺に腹を立てても構わないけど、電話には出てくれ」

言われて初めてスマホを見る。西平から何度も着信があったことを知った。全然気づいていなかった。

昼間とは違う意味で胸が痛む。

彼に腹を立てていたとはいえ、こんなに心配させるつもりはなかったのだ。

西平は存在を確かめるように、舟の頭を抱き込む。

彼の心臓から荒い鼓動が聞こえた。

舟は彼と向き合おうとしていたことを思い出す。

意を決して、ぐっと彼の胸に手をついて、身体を離した。

「さっき、足立さんと一緒にいたでしょ」

「え？　あぁ、うん。酔って歩けないって言うから部屋に送ってきた。ちょっと用もあったし……」

「ああいう時は、女性を誰か付き添わせなさいよ」

また責めるような口調になる。

こんなことが言いたいわけじゃないのに。

「最初は足立さんの友だちがいたんだ。途中で消えられちゃったけど」

それを聞いて、舟は彼女の策略だと気がついた。友だちに頼んで西平と二人きりにしてもらうつもりだったのだろう。

確かに足立は可愛い。二人きりで部屋に入れれば西平を落とせる自信があったのかもしれない。

　舟はゆっくりと視線を西平に向けた。何度か口を開けたり閉じたりする。

「……こんなこと言いたくないんだけど。足立さんには、気をつけて……ほしい。彼女、変……というか、何をするかわからないというか……」

　告げ口をしているようで、はっきりとは口に出せず、言葉を濁《にご》してしまった。

「だから……、あんまり近づいてほしくない……です」

「それって、嫉妬？　って言いたいけどさ、舟がそんなふうに言うってことはそうじゃないよね。彼女と何があったのか教えて」

「……ん」

「舟、自分一人で抱え込まないで、俺に言って。何もかも背負い込んだら舟が疲れちゃうよ。誰にも頼れないで抱え込んで、舟に苦しい思いをしてほしくない。その感情を俺にもわけて」

　西平が舟の手をぎゅっと握り、口づける。

「他の誰でもない。俺を頼って」

「瑛人……」

　握られた手は温かい。そして、優しかった。

　誰かに頼りきりになるのは怖い。

　できれば、支え、支えられたい。

舟は西平とならそれができると感じた。

西平にゆっくりと引き寄せられ、口づけられる。そして、名残惜《なごりお》しそうに唇が離れていった。

舟は彼に今まで何があったかを説明した。できるだけ客観的になるよう冷静に。

「やっと話してくれた」

「なかなか言えなくてごめん」

「大丈夫。あぁ、話してって言ったけど、実はある程度彼女から聞いて予想がついてたんだよね。ちょーっと怒った顔したら全部ぺらぺらしゃべり出した」

西平は口の端を上げて笑う。

「多分、彼女はもう舟に何かしようとしないよ。もちろん俺を狙うってこともない」

「……何か、したの？」

「んー、それは秘密にしとこうかな。ヒーローはある程度、秘密を持ってないとね」

「もうっ」

再び腰を引き寄せられ、唇が合わさった。それに伴《ともな》い、舟の腰に回る西平の手つきが怪しくなる。

「て、瑛人!? そ、そろそろ美玖が戻ってくるよ」

そう言うと、西平は唇を一度離し、にっと口の端を吊り上げた。

「大丈夫。俺と舟、同じ部屋だから」

「はぁ？」

「俺、東郷ともう一人と三人部屋でさ。一人が自分の彼女の部屋に行くって出ていったんで、東郷が彼女連れ込むって言うんだよね」

「彼女？」

東郷に彼女がいるという話は聞いたことがなかった。少し驚くものの、それになんの関係があるというのか。

「東郷の彼女、知らない？　俺もさっき知ったんだけどさ」

「私も知ってる人？」

「うん。多分誰よりも知ってる」

「えっ……ひょっとして、美玖⁉」

舟が叫ぶと、西平が頷いた。

「朝になったら戻るってさ」

その時、舟のスマホが震えた。美玖から【また明日ね】という簡単な連絡が入っている。

舟は西平と手を繋ぎ、部屋に備え付けられていたテーブルセットに導いた。

舟は西平と向かい合わせで座っていた。机の上にはビールの缶を数本置く。ぐるぐるしていた心はもう落ち着いている。

「ビールどうしたの？」

「美玖と二人で飲もうと思って買ってたんだ。残しておいても仕方ないし、瑛人、飲むでしょ」

「そうだな」

こつんとビールの缶で乾杯をした。

キンキンに冷えていて美味しい。

「二人でいるのに、リンがいないって不思議な感じがするね」

「本当だなー。あー、リンどうしてるか不安だー。ねーちゃん、ちゃんと飯やってくれたかなー」

「やっぱり、西平は心配性で過保護だわ」

舟が笑うと、西平がずいっと身を乗り出した。

「どうしたの？」

「んー、やっぱり舟はさ、笑ってるのが一番可愛い。いつもあんなにツンツンしてんのにさ。あー、俺もう幸せ」

伸びてきた両手にぎゅうっと抱きしめられ、慌てて手に持っていたビールを机の上に置いた。

西平は甘えるように舟の胸元にぐりぐりと顔を押し付けてくる。

「舟」

西平が鼻を擦り合わせてきて、唇にちゅっと口づけをした。そして、頬や目元、こめかみと順番に口づけを落とす。

舟もそっと彼の頭に腕を回した。

すると、西平が蕩《とろ》けた笑みを浮かべ、貪《むさぼ》るように唇を奪われた。

「んぁ、ん、ふっ」

「キスをすると、ぽーっとして、本当色っぽい。口の端からよだれが流れるのも煽情的でたまらない」

唇を舐められ、頤《おとがい》や喉にまで口づけられた。

「てる、と」

「ん？　あぁ、ここじゃ痛いよね。布団敷いてあるのにそこでしないって、どんだけがっついてるんだって」

西平は立ち上がり、舟の手を引いた。そして数歩先にあるホテルの人が敷いてくれた布団に導く。

舟はぺたりとそこに座った。

西平の浴衣をはだけさせ、露《あら》わになった首や鎖骨、肩に舌を這わせる。

ちろちろと鎖骨から喉仏、頬を舐めてから口づけていく。そのまま唇を耳元に移動させ、耳朶《じだ》をはむっと挟んだ。

「……ん」

西平は舟の好きなようにさせてくれる一方で、自分は舟の浴衣の裾に手を入れ、臀部《でんぶ》を揉みしだいた。

肩口に西平の甘い息がかかる。

思考が麻痺《まひ》して西平のことしか考えられなくなった。

舟はさらにぺろぺろと西平の耳を舐め、耳の裏側を嗅《か》ぐ。麻薬のような彼の匂いに、ずっと嗅《か》いでいたくなる。かすかに停電の日の香水が香った。

以前、相手の匂いが好みだと感じるのは、遺伝子の相性がいいためだと聞いたことがある。ということは、自分は遺伝子から西平を好きだということだ。

さらにくんくんと嗅《か》ぎながら、首筋、そして肩を舐めた。

肩口に歯を立てて少しだけ力を入れる。西平の身体が一瞬強張り、うめき声が上がった。

普段よく噛まれるので、お返しだ。

歯を離してみると、少し皮膚がへこんでいるだけで歯形はついていなかった。猫のようにそこを舐めて、西平を見上げる。

彼の目はいつも以上に情欲に濡れていた。

舟の頭を優しく撫で、もう着ているとは言えないほど乱れた浴衣を脱がせる。そして自身の浴衣も脱ぎ、温かい身体をぴったりと重なり合わせてきた。

興奮しているせいか、いつもより熱い。

舟の胸の頂《いただき》は触れられてもいないのに尖り出していた。

西平の屹立《きつりつ》した肉棒が臍《へそ》に当たっている。

じゃれ合うようにお互いの身体に口づけを繰り返した。

寝転がっている西平の横に座り直し、舟は熱く膨張した肉茎に触れる。上下に優しく擦り、鈴口を指の腹でぐりぐりと刺激してやる。

「今日は、積極的なんだ」

「嬉しい？」

「めちゃくちゃ」

西平が真剣に頷く。

思わず笑いが零れた。

舟は彼の身体を大胆に跨《また》ぎ、西平に背を向けて座る。肉棒に唾液をたらし、さらに両手で擦った。

自分の臀部《でんぶ》は西平に丸見えになっているだろう。

それが恥ずかしくてたまらず、愛液がごぷっと零れた。

「舟、お尻上げて」

それこそ本当に全てが丸見えだ。

舟は首を振って、亀頭を口に咥《くわ》え込んだ。

「くっ……、はっ」

口を窄《すぼ》めて吸い上げて、舌で舐める。

顎《あご》が痛くなるまで続けて口を離したところで、とうとう西平に臀部《でんぶ》を持ち上げられてしまった。

「ひぁっ⁉」

「舟がここまでしてくれたんだ、俺もちゃんと奉仕しないと。……相変わらずぐちょぐちょ。俺の舐めて興奮した？」

太ももに息が吹きかかり、かぷっと甘噛みされる。さらに舌は這い進み、秘所に辿りついた。間髪《かんはつ》容《い》れずに膣壁に差し込まれる。

「んぁ、あ、あっ」

「はぁ、舟も俺の舐めて。いっぱい舐め合いっこしよう」

言われるがまま肉棒の竿部分をべろりと舐め上げてもう一度口の中に入れると、先ほどよりもさらに硬く大きくなっている気がした。

お互いを舐める淫猥《いんわい》な音が部屋の中に響く。

舟が夢中になっていると、西平の指が花芯に触れた。

「ぷはっ。そこっはぁ」

「舟はここ弄《いじ》られるとすぐにイッちゃうもんなー。お尻振って誘ってきて、可愛い」

「ちがっ、あ、あん、あぁん」

誘っていたわけではないが、無意識に腰を振ってしまっていた。

西平の舌と指で秘所を弄《いじ》られると頭の中が快楽に支配される。

西平は両手で舟の臀部《でんぶ》を掴んでぐにぐにと揉み、じゅっと音を立てながら秘所を強く吸い上げた。

「あ、あん、あぁ！　駄目、力入らなくっ……、あぁあ」

舟は息を激しく乱して痙攣《けいれん》する。

力が抜け落ちそうになる身体を、西平が両手で支えてくれた。

彼は舟の身体を回転させ寝転ばせると、後ろから抱きしめた。

「瑛人？」

「今日はゆっくりじっくりの日だからね」

西平は確かめるように振り向いた舟に口づけをする。

避妊具の包みを破り、自身の熱く勃ち上がった肉棒につけた。

おもむろに舟の片脚を持ち上げ、濡れぼそった秘所へゆっくりと亀頭を埋め込んでいく。

「あっ！」

膨れ上がった肉棒を、舟は息を吐き出しながら受け入れた。

いつもと違う場所、しかも会社の旅行中だ。

それを思い出すと、背徳感でより興奮する。

彼のものが膣壁を擦り上げ、奥を穿《うが》った。

「んぁ」

「可愛い声」

持ち上げられていた片脚を下ろされる。

ちゅっと首筋に口づけされ、抱きしめられた。

膣内に彼のものを入れられたまま、ゆったりとした時間が流れる。

「こういうのもいいな。相手のことを感じながらゆっくりするの」

刺激されていないとはいえ、圧迫感はある。

「それなら挿《い》れる必要ないとっ、思う、んだけど」

「挿《い》れたまんまってとこがいいんだよ」

西平が肩甲骨を舐めた。

そして舟の髪の毛を一房とって、さらさらと流す。

そんなに愛おしそうに触れるほど綺麗ではないのに。

「ずっと、こうして髪の毛を触りたかった」

「え？」

「柔らかそうでさー、この髪に俺の指を絡めたらどんだけエロいかなぁと……」

そう言いながら、舟の髪を一房、口に含む。

「変態？」

「いやいや、男なんて誰でもこんなもんだってば。なんなら、俺がどんだけ舟をネタにして――痛っ」

なんていうことを言い出すのだ。

それ以上言葉を続けられないように、舟は西平の腰をバシンと叩いた。

彼は痛そうに、叩かれた場所を擦る。

そうしながらも、西平の手が舟のお腹に回り、背中に顔が当たった。

舟はその手に自分の手を添えて目を瞑《つむ》る。

こんな穏やかな性行為もあるのか。

気持ちがよくなるためだけではなく、相手を深く知るための行為――それが改めてわかった。

互いにくっつき、静かに話をする。

ゆっくりじっとり甘い情事。

疲れないわけではないけれど、幸せな疲労だ。

ずっとこうしていたい。

けれど、下腹部がぐずぐずとなって舟の気持ちを裏切り、快感を味わいたいと疼《うず》いた。

「てる、と。そろそろ……」

「刺激が欲しい？　それとも抜いてほしい？」

「いじわるしないで」

「……っ。ほんっと、こういう時の舟って凶悪に可愛いよね。ずるいくらいだ。俺が舟のことがどうしようもなく好きなのわかってて、操《あやつ》ってるだろ」

西平はゆっくりと肉棒をギリギリまで抜き、勢いよく奥まで突き入れた。

「きゃうっ⁉」

「動物みたいな声。リンみたいに鳴いてみる？　それとも犬かな？　舟はどちらかというと猫みたいだなぁって思ったりもするけど」

くすくすと笑う声が聞こえた。

もう一度片脚を持ち上げられ、ぐちゅぐちゅと抽挿される。

彼の手が頬に触れ、唇を指でぐにぐにと押された。

舟は口を開き、指を口腔《こうこう》へ招き入れる。ごつごつとした指を舐めしゃぶった。

同時に猛った肉棒を奥深くに打ち付けられる。

先ほどよりも激しい快感に、舟は頤《おとがい》を反らせた。

膣奥をぐりぐりと先端で弄《いじ》られると、我慢できなくなる。限界が近いことがわかった。

もう達してしまう。

「あ、あ、んぁあっ、だめ、もう、きちゃう、のぉっ。あぁあん、んっ」

「俺も、もうっ……舟そんなに締め付けないでっ」

「そんなこと、言われてもっ、むりぃっ、あぁあああ！」

より奥に入り込もうとしてくる熱棒を絡めとるように蠢《うごめ》き、舟の片脚が空をかく。

快楽が全身を巡り、身体がびくびくと痙攣《けいれん》した。

戦慄《わなな》く身体を西平が抱きしめてくれる。数度激しく舟の膣内へ打ち付け、首筋を噛みながら、ぶるっと全身を震わせた。

「くっ、はっ……、はぁ。気持ちいい」

全部出し切るように、ぐっと密着される。

舟は背筋がぞわぞわとして、無意識に膣を締め付けた。

肉栓が抜けたそこから愛液が零れ落ちる。

「も、力入らない……。動ける気がしない」

「はい、舟は自分でやらなくていいの。恋人の俺がちゃーんとする、そのためにいるから。とりあえずタオル持ってくる」

西平は笑顔で離れていった。

相変わらず、言っていることがおかしい。

舟はずりずりと身体を動かし、スマホで時間を確認した。

結構な時間がたっている。

たった一回だけなのにこれだけ時間がかかったのなら、身体がいうことを利かないわけだ。

ぐだっとしていると、鼻歌を歌いながら西平が戻ってきた。

汗をかいた舟の身体を拭いてくれる。

「体力作りしようかなぁ」

「いいと思うよー。そうしたら俺とのエッチがもっと楽しくなると思う」

「違う、そうじゃないでしょ……」

今度こそ舟は突っ込んだ。

疲れてどうしようもなくなってしまうから、体力作りをしようと思ったのに、より疲れさせるとはどういうことだ。

舟は浴衣を着せてもらい、隣に敷いてあった布団に移動する。

西平に抱きしめられながら、意識を手放した。


スマホのアラーム音が聞こえて、目を覚ます。

全身が重いし頭も少し痛い。

時間は朝の六時。朝食はバイキングで、各自九時までに済ませればいいということになっていた。

食事の前にお風呂に行くか、食事の後にお風呂に行くか迷う。

昨日あれだけ汗をかいたので先に入りたいけれど、身体が動かない。

もそもそ動いていると、西平が目を開けた。

「しゅー？」

「あ、おはよう、起こした？　そろそろ部屋に戻ったほうがいいんじゃない。美玖が戻ってくるだろうし、誰かに見られたら大変だよ」

この際、恋人同士というのが社内の人にバレることには覚悟を決めたが、旅行中に逢い引きしていたと知られるのはさすがに嫌だ。

西平が身体をぐっと伸ばして、舟の唇に口づけをしてくれる。

「おはよう。それじゃ、俺戻るから、後でね」

「うん。後でね」

出ていく彼の背を見送り、舟も支度を始めた。

今日着る服を手に、露天風呂へ向かう。

誰もいないことを確認してほっとする。

情交の痕《あと》が残る身体を会社の人に見られるのは気が引けた。

海を眺められる露天風呂にゆっくりと浸《つ》かる。よく身体を温めてから、部屋に戻った。

すると部屋には美玖が戻っており、片付けをしている。

「あ、舟おはよー。温泉行ってきたの？」

「せっかくだからと思って。昨晩はありがとう。朝ご飯食べいく？」

「行こう。昨日結構動いたからお腹すいたー」

あけすけな友人の言葉に、苦笑が漏れた。

一緒に食事場所へ行く。

すでにちらほらと人が来ていた。

案内された席に座り、舟は和食を、美玖は洋食を中心にバイキングを楽しむ。

「炊き立てのご飯に、おかずとお味噌汁ってだけで、贅沢した気分になる」

「一人だときっちりとした朝ご飯食べないもんねぇ」

「最近はそれなりに料理もするけど、前はひどかった。パンにバターぬるか、コンビニのおにぎりだったから。それでも栄養食品を口の中に放り込むだけよりはマシよね」

舟は美玖に東郷との付き合いを聞いてみることにした。

「ねえ、聞いていい？　いつからなの？　彼と」

「かれこれ三ヶ月ちょいぐらいかな。気づかなかったでしょー」

「ぜんっぜん、わからなかった」

鈍感な舟が気づかなかったというのはともかく、西平も知らなかったという。相当上手に隠していたのだろう。

「社内では完璧な同期を貫《つらぬ》いているし、会うのも会社から離れた場所か互いの家だからね。まぁ、舟にならら言ってもよかったんだけど……」

気持ちはわかる。舟もできれば隠していたいと思っていたから。それでも気づかれてしまっていたが。

美玖は「今度、舟の話も詳しく教えてね！」と言った。

その後、無事に全員バスに乗り込んで、数時間。昼の二時には解散場所に到着した。

舟は一人で自宅に向かって歩き出す。

しばらくして、西平が追ってきた。走って隣へ並ぶ。

「はー、東郷たち撒《ま》くの大変だったー。舟とどういう経緯で付き合うことになったのか教えろって、うっさいのなんの」

「そんなに気になるものなの？」

「さぁ？」

西平は言葉とは裏腹にまんざらでもなさそうに笑った。

二人で一緒にマンションに戻り、リンを迎えに行く。

西平の車に乗り込んで、彼の姉が住んでいるマンションへ向かった。

マンションに着き、西平だけが車を降りる。

「ねーちゃんに捕まったら面倒くさいから、舟はここで待ってて。すぐ戻ってくるから」

「いってらっしゃい」

舟が待っているとほどなく、後ろの座席が開く。籠《かご》に入ったリンが鳴きながら手を出していた。

運転席に西平が乗り込み、発車させた。

「あー、疲れた。あやうく、ねーちゃんに捕まりかけたわ」

「お疲れ」

リンがいて、西平がいる。舟は明日も頑張ろうという気持ちになった。

＊　＊　＊

旅行から帰ってきた翌週の月曜日。

足立の妨害はパタッとなくなった。どうやら、旅行中、西平がした何かが利いているようだ。

以前と同じように仕事ができるようになり、舟は胸を撫で下ろす。

今回の経験を経て自分の企画の問題点も見えてくる。

舟の企画書は「わかる人にだけわかればいい」ものになっていたのだ。誰かに話したくなる、話してあげたくなる、そんな要素が足りない。

それに、いろんな人に話を聞くことも覚えた。予《あらかじ》め、わかりにくいところを指摘してもらい、修正するのだ。

営業部や商品開発部の人にどんな商品が扱いやすいのか意見を聞くことも知った。

各部署に散らばった同期を西平が紹介してくれる。彼自身も取引先から聞いてきた情報を、食後の会話などにさりげなく交ぜ、教えてくれた。

なんだか新人の時に戻った気分だ。でもこの調子なら、いい企画が考えられる気がする。

そんな矢先、一本の電話が部署内をざわつかせることとなる。

「どういうことですか？」

「発注ミスだ。本来百個欲しいサンプルが、十しか発注されていなかったらしい」

外部発注を確認しに行った会社の人間が慌ててそう電話をかけてきたようだ。今回の企画のリーダーが告げる。

「今から生産するには、時間がかかりすぎて無理だと」

「どれくらいかかるんだ？」

部長の質問に「一ヶ月」と彼が答える。

「さすがにプロモーションに間に合わないぞ」

「とにかく今から工場に行って、責任者と話をしてみます。せめてあと五十作ることができればどうにかなる」

リーダーが急いで支度をし、足立を見た。

「足立、お前も来い！」

どうやら今回の発注ミスは彼女が原因のようだ。真っ青な顔をしている。

旅行後、西平に、足立に仕事を頼む時は必ず誰か人を介すようにとアドバイスされていた。もう舟のせいにすることはできない。

それは助かったが、ミスは会社全体の問題だ。

舟は「きっと、なんとかなりますよ」と、祈るように口にして、彼らの帰りを待つことにした。

二時間ほどたってから、リーダーと足立、そして先に工場に確認に行っていた社員の三人が暗い顔で戻ってくる。

「責任者が怒ってしまって、とりつくしまがないんです」

リーダーが部長に報告した。

「なんでそんなことに？」

部長の質問には工場との連絡役が答えた。

「足立さんが泣いたんですよ。『私が悪いんです、ごめんなさいー』って大泣きするもんだから、責任者が呆れてしまって。謝罪一つまともにできない人間とは話にならないってんで、追い返されたんです」

連絡をくれた社員はどうやら苛立《いらだ》っていたらしく、棘《とげ》のある言葉で説明した。

当の足立は、ムスッとした顔で視線をそらしている。

「女の子が泣いてるのにあの反応って、ひどくないですか？」

ふてくされた足立の言葉に部長とリーダーはため息をついた。

部長はしばらく考え込み、じっとこちらに視線を向ける。

「俺が謝罪に行く。戸松、お前も一緒に来てくれ」

「え、私ですか？」

突然名指しされて、首をかしげてしまった。

「戸松が営業の時、誰よりもクレームが少なかったって聞いてるからな。戸松の態度がいいんだと思う。まぁ、骨折り損になるかもしれんが……」

「わかりました。私が行ってどうにかできるとも思えませんが、とりあえず行ってみましょう」

舟は考えつく限りの代替案をさっと作成し、その資料を手に部長と工場へ向かった。

幸い責任者は落ち着きを取り戻していた。部長と頭を下げ、話を聞いてもらえることになる。

名刺を出して名乗ると、責任者が舟をじっと見た。

「戸松さんって、以前、北地域の営業を担当されてませんでした？」

「え？　はい、担当しておりましたが……？」

「やっぱり！」

責任者は以前舟が営業を担当していた会社で働いていたそうだ。誠実な舟の態度と対応を覚えているという。

「以前お世話になっていたこともありますし、どうにか戸松さんの案でやってみます」

それを聞いて、舟は嬉しくなった。もう一度大きく頭を下げる。

「ありがとうございます。どうぞよろしくお願いいたします」

「簡単ではありませんが、戸松さんには無理を聞いていただきましたから。今度はこちらがあなたの手助けをしましょう」

「……っ、ありがとうございます！　本当に、ありがとうございます」

一週間後、六十本サンプルが届いた。

それを使ったプロモーションも無事成功する。

営業時代の真面目な自分が報われた瞬間だった。


全てが解決し、穏やかな日々が戻った。

マンションの自分の部屋に帰宅してから、西平の部屋に向かう。

今日はリンに会いたい気分だ。

「リンー？」

合鍵で部屋に入り呼びかけたが、姿は見えない。奥を覗くと、ねずみのおもちゃを前足に抱きながらすぴすぴと眠っていた。

その可愛い寝姿を、舟は写真に撮る。

その後はソファーに座って、自分の企画を考えた。

シンプルで使いやすいけれど、可愛いもの。一見機能性だけを追求しているように見えても、愛嬌のあるデザイン。そして、誰もが手に取りたくなり、話題にしたくなる仕掛け。

舟は浮かんだアイディアを固めるため、角度を変えて何枚もリンの写真を撮り続ける。

今度の企画では猫をモチーフにするつもりだ。

次の企画を売り込む先の担当者には猫好きが多いと西平が教えてくれていた。もちろん猫だったらなんでもいいというわけではない。企画を審査する上司の趣味や家族構成といった細かいデータも頭に入れた。

そんなことまで加味して企画書を作るなんて、媚《こび》を売っているようで嫌だと思っていたが、西平に『媚《こび》じゃなくてさー、気遣いの一つだよ。言い方一つで印象が変わるんだ。利用しないのは損じゃん』と言われ、考え直したのだ。

久しぶりに仕事が楽しいと思える。

こんな気持ちになれたのは、西平のおかげだ。

そんなことを考えながらリンを撫でていると、玄関の扉が開く音がした。

西平が笑顔で帰宅して、舟を抱きしめた。

「舟、リンただいま」

「おかえり、瑛人」

ここに欲しかった幸せが存在する。

新企画のプレゼン当日。舟は緊張していた。

企画書は満足するものが書けている。今度こそ、自分の企画を通したい。

審査が行われる部屋に入ると、各部署の部長に交ざり西平が座っていた。舟を見て小さく手を振ってくれる。

なんでいるのかと驚くものの、なんとなく心強い。

舟は大きく息を吸って、自分の企画をアピールした。時折、西平が舟をフォローするような質問を入れてくれる。

舟は落ち着いてプレゼンを終えることができた。

やれることは、やったのだ。後は、待つだけ――

その晩、舟が西平の部屋にいると、彼が帰宅した。すぐに舟を抱きしめる。

「あの企画、舟のが通ったよ」

そう言って、口づけをしてきた。

「やった！　けど、なんで瑛人があそこにいたの？」

「まだ内示しか出てないけど、来月昇進するんだよねー。あの企画の営業部の担当は、俺になるんだ。たくさん売れるように頑張るな！　そんなことよりさー、舟の企画が通った、お祝いしよう！」

西平は舟をベッドに連れ込もうとする。

「お祝い？」

「そう、お祝い！」

これのどこがお祝いなんだという言葉は、西平の唇に塞《ふさ》がれて声にならなかった。

すでに情欲が灯る瞳で見つめられ、操《あやつ》り人形のようにベッドに倒れ込む。

いつだって舟を見守っている温かい腕に抱きすくめられた。

「ちょっと、瑛人っ」

「今日はご褒美に、俺がすっげー奉仕してあげる」

「……どちらかというと、いつも奉仕されてる側なので今さら……」

舟が逃げるように腰を上げると、西平は舟に圧《の》し掛《か》かり破顔した。

舟はその顔を見て、「あ、これは逃げられない」と諦める。

ベッドの上に座り、西平に言われるがままに両腕を上げたり腰を上げたりと、洋服を脱がしやすいように動く。

西平はそんな舟を見ながら、鼻歌を歌う。

いつも以上にご機嫌だ。

早々と西平の前に裸体が晒《さら》される。

じっと見られているだけで、舟の胸の頂《いただき》は尖り下腹部が疼く。

西平と一緒にいると、身体が愉悦を期待するのだ。

「はーい、うつ伏せに寝てー」

「う、うん」

舟がうつ伏せになって寝転がると、西平が舟に跨《また》がり肩甲骨に触れた。

ぐっと、力を入れられて圧迫感と痛さに息が詰まる。

同時に気持ちよさも感じた。

「うっわー、肩甲骨から肩にかけてすっげー凝《こ》ってる」

「……マッサージ？」

「そ、マッサージ」

ご褒美がマッサージだということだろうか。

だとしたら、なぜ裸にならなければいけないのか。

舟は疑問を口にしようとしたが、背骨を舌が這っていくのを感じ、思わず嬌声《きょうせい》を上げてしまった。

「こ、これっ、マッサージじゃないよね⁉」

「限定プレミアムマッサージセックスだよ」

舟は首だけを起こし、西平を見た。

彼はすっきりとした笑みを浮かべている。

「さわやかに笑いながら言うことじゃないと思うの」

「いいからいいから。今日はマッサージしながら全身舐めしゃぶりコースだよ。全身どこもかしこも性感帯になればいいなーって」

「なにその願いっ……！」

断固として断るつもりで、起き上がろうと上半身に力を入れる。しかし、臀部《でんぶ》に西平が跨《また》がっていて起き上がれなかった。

抜け出そうにも、彼の手がそれを邪魔してくる。

「ほらほら、俺に身を任せて。大丈夫、泣くぐらい気持ちよくするからさ」

舟は「ひっ」と恐怖で顔が引きつった。

西平との行為はいつも驚くほど気持ちがいい。頭が何度も真っ白になって何も考えられなくなるくらいだ。

まるで麻薬だった。

「て、てるっ、あんっ」

「舟のお尻って、やっぱり可愛いよなぁ。ぷにぷにしてて、触り心地がいい」

西平は臀部《でんぶ》を揉みしだきながら、ちゅっちゅっと口づけをしていく。

舟が何かを言う前に、刺激を与えられ何も言えなくされた。

彼は本当に舟のことをよくわかっている。

太ももからふくらはぎと、張っている脚をマッサージされる。少し足を開かされれば、秘所が彼に丸見えだ。恥ずかしくなる。

舟は枕に顔を埋《うず》めながら、必死にいろいろな感情を受け流した。

肩甲骨、背中、腰に臀部《でんぶ》、そして太もも、ふくらはぎ、足首、足の甲と彼の舌は這い回る。

オイルマッサージでもないのに、舟の背中はしっとりとしてきた。

「舟、今度は仰向け」

「うー……」

「背中舐められただけで、気持ちよくなっちゃった？」

図星をさされて、舟はじろっと西平を睨みつけた。

彼はぐるっと舟を仰向けにさせ、両脚を束ねて持ち上げる。

「瑛人？」

「俺も、ご褒美欲しくなっちゃった。一度やってみたかったんだよね」

「へ？」

ぴったりとくっついた太ももの間から、彼の肉棒が出てくる。

「ひゃっ、んっ」

赤黒く反り上がった肉茎を、太ももに擦りつけられた。

思わずよりきつく太ももを締め上げてしまう。

彼は眉間に皺《しわ》を寄せ、熱い息を吐き出しながら腰を動かした。

膝裏やふくらはぎを、西平はずっと舐めたり甘噛みしたりする。

薄い膜越しではない、生々しいそれの先端から先走りが出ていて、舟の息も上がっていく。

次第に腰の動きが激しくなった。

「舟っ、ごめんっ、俺もうっ」

舟の脚をぎゅうっと抱きしめながら、西平はびゅるびゅると白濁をお腹にかけた。どろっとしたそれを、指の腹で拭《ぬぐ》い舟は口の中へ入れる。

「えっ⁉」

「……まずい」

「当たり前だろ！　こんなの口に含まなくていいから。ぺっとして、ぺって！」

「あはは、子どもに言い聞かせる親みたい」

お腹にかかった白濁を、西平がティッシュで拭き取ってくれる。そして、舟の唇に口づけを落とし、マッサージを再開した。

「胸は優しく揉むね」

「マッサージ……」

うろんな瞳で西平を見るが、彼はどこ吹く風だ。

舟の胸を大きな手で覆《おお》い、くにくにと優しく揉んだり撫でたりする。

痛いぐらいに尖り出した頂《いただき》を指と指の間に挟んで擦った。

「あん、んんっ」

何度も擦られ、摘《つま》まれ、扱《しご》かれる。胸だけで何十分かけたのかわからないほど愛撫された。

それなのに彼が言うには、まだ序盤らしい。

これでは本当に身がもたない。

いっそのこと「挿《い》れて」と懇願してしまおうか。

そんなことを考えていると、西平がじっとこちらを見ていた。

「てる、と?」

「今、心ここにあらずって感じだったよ。ご褒美に加えて、お仕置きかな?」

西平は柔らかく笑うと、舟の乳輪をべろりと舐め上げ、頂《いただき》を咥《くわ》え込んだ。

じゅうっと吸い上げ、歯を当てられる。

「あっ、あん、んぁ」

「こうして俺の唾液だらけにしてると、マーキングみたいだよね。赤い痕《あと》しかり」

西平は舟の頬をぺろぺろと舐めながら、唾液で滑りのよくなった胸の頂《いただき》を指先でくりくりと弄《いじ》る。

彼の舌は首筋、そして肩へと向かい、舟の腕を上げて腋《わき》にも口づけをした。

「瑛人っ、そこは本当お願いだからやめてっ」

「全身舐めるコースだから却下。俺、舟の匂い好きだから平気」

わざとらしく、鼻を腋《わき》に押しつけながら深く息を吸い込んだ。

舟は顔から火がでそうなぐらいに、恥ずかしい。

もう駄目だと、力を入れてベッドから抜け出ようと身体を横にした。

「舐めやすくしてくれたの？」

「え⁉　ちがっ、あぁあっ」

確かに仰向けよりも横向きのほうが舐めやすい。失敗を悟ったのは、彼の舌が腋《わき》を舐め上げてからだった。

西平の熱い舌が腋《わき》を何度も舐め、ちゅうっと吸う。抵抗を試《こころ》みるけれど、身体はすでに蕩《とろ》け始めていて、力が出ない。

二の腕や手の指先、指と指の間の溝なども時間をかけて舐められた。

彼の言う通り全身を舐めしゃぶられ終わった頃には、秘所から愛液がごぷっと零れていた。

そこは唯一まだ舐められていない場所だ。

「好きなものは最後に食べる派なんだよね」

「うあっ」

突然、両脚を折り曲げられ、秘所を見えやすくされた。

恥ずかしいはずなのに、気持ちは高まるばかりだ。

どうしていつも彼のいいなりになってしまうのだろう。

「まだ触っても、舐めてもないのに愛液が零れ落ちてる」

重力に逆らわない粘着質な愛液は、ぽたぽたとシーツに染みを作っていった。

「もったいない」

西平は舌を出して、舟から零れ落ちる愛液を舐め取った。

そして秘所へ唇を寄せて、息を吹きかける。

舟はそんな小さな刺激にも、全身を戦慄《わなな》かせた。

恥ずかしさのあまり、舟は両腕を顔の前で交差させる。

西平が付け根を舐める。さらに、指で媚肉をくぱぁっと開き愛液がこぽこぽと落ちるそこに舌を這わせた。

ぐちゅぐちゅと舌を浅い部分に出し入れする。

「んんぁ、ああん、あん、あっ、あ、あ、っ」

「舐めても、舐めても溢れてくる」

身体が西平のほうへと引き寄せられる。

じゅるじゅると愛液を飲まれ、舌を奥へと差し入れられた。

「あぁああっ」

背中が弓なりに反り、びくんと大きく痙攣《けいれん》する。

「あっ……うっ、うぅうっ」

何度も舐めしゃぶられたせいで、達してしまった。

舟は涙が溢れて止まらなくなった。

気持ちよすぎて怖い。

全身がバラバラになりそうだ。

「あー、泣いちゃって。ほら、舐め取ってあげる」

西平は、零れる涙を舐め取り吸い上げる。

愛しげな表情で、額《ひたい》や鼻、そして唇に口づけを落とした。

鼻先を擦り合わせ、舟が落ち着くのを待ってくれる。

けれど、少し落ち着くと、西平は舟の秘所への愛撫を再開した。

「や、もう、やぁ」

「嫌じゃないだろ？　気持ちいい……だろ？」

「やだぁ、だって、くるしいよぉ」

「そっか、苦しいぐらい気持ちいいんだ。よかった」

下腹部の奥が苦しい。満たされたい、けれど怖い。

西平が満足するまで、何度も絶頂を迎えながら秘所を弄《いじ》られた。

花芯が赤く膨れ、痛いぐらいだ。

舟が涙とよだれでぐしゃぐしゃになっているのを、西平は嬉しそうに見つめている。

「……へん、たい」

「うん。舟限定で変態かな」

彼が舟に見せつけるように、歯で避妊具の包みを開けてみせた。角度を持って勃ち上がった肉茎にそれをつけて、秘所に擦りつける。

舟の愛液でまぶされた肉棒を、西平はゆっくりと膣内に埋《うず》めていった。

「うあぁああぁっ」

「くっ、舟……っ、もしかしてイッた？　挿《い》れただけで」

「あ、あうっ、んんぁあ、も、はやく。はやくぅっ、ぐちゅぐちゅしてよぉ」

舟は膣奥にそれが欲しくて、懇願しながら腰をくねらせる。

「あー、もうっ！　結局っ、俺が翻弄《ほんろう》っ、されるんだよね！」

ぱちゅんっと最奥まで彼のもので満たされた。

達したばかりの蠢《うごめ》く膣内で彼を受け入れる。

舟は西平に両腕を取られ拘束された。

そのまま、ぐちょぐちょと淫猥《いんわい》な音を立てて抽挿される。

舟は動かせない両腕が焦《じ》れったくなり、より興奮した。気持ちが昂《たかぶ》ってしまう。

「ん、あ、んぁあ、あうっ、うっ、あん、あ、あぁああっ、んんんぁ、あ、あ、うぁ」

我慢しきれず嬌声《きょうせい》が漏れる。

西平の動きに合わせて、舟の腰も動き、無意識に彼の腰に両脚を絡ませた。

彼は舟の両腕を解放し、身体をぴったり合わせるようにくっつけながら膣奥を犯す。

「てる、とぉ、てるとっ」

「ん？　イキそう？」

「イキたいぃいっ」

彼の腰に絡ませた脚が、律動に合わせて揺れる。

舟は西平の背中に爪を立てた。

そんなことを気にしない彼は、より深く抉《えぐ》るように膣壁に熱い肉茎を穿《うが》つ。

「ん、ん、んっ、あぁああっ」

「くっ、あ、はっ」

舟は西平を強く抱きしめ、波のように迫りくる快楽に呑まれた。

目の前がチカチカと光り、ぶわっと全身から汗が噴き出す。

達した舟の膣内が白濁を絞り取るように蠢《うごめ》く。西平はそれに抗《あらが》わず薄い膜越しに精を吐き出した。

舟は、膣内でびくびくと跳ねるそれを感じた。
数度、びゅっびゅっと爆《は》ぜている。
西平は舟の頬を撫でながら、触れるだけの優しい口づけを落とした。
「……舟、愛してるよ」
「わ、たし……も……」
かすれた声で返す。
熱をまとった身体を抱き寄せ合い、相手の温度を身体に浸透させる。
この腕の中は幸せで満ち溢れている。
これからの未来、喧嘩やすれ違いもあるだろう。
それでも、嫌いから好きへと変化したこの感情が消えることはない。
マイナスからプラス。
舟はこれからも彼に振り回され、彼を振り回す。
心配性な彼は、この先もずっと舟のことを優しく守ってくれるに違いない。
そんな確信がもてるほどに、舟は西平という男のことを信頼していた。
舟は繋がれた手を離さないように、強く握りしめ直した。

思えば思われる

九月の下旬の土曜日。

舟の企画は動き出し、西平の昇進も正式に発表になった。

仕事が忙しくなり、連日帰宅時間が遅いために溜まっていた家事を終わらせ、舟は買い物からマンションへと帰ってきた。

エントランスを抜けようとすると、人がぬっと出てくる。

舟は驚いて声を上げた。

「ぎゃぁっ⁉」

「ぎゃー！」

相手も舟の声に驚き、悲鳴を上げる。

「……って？　空《そら》じゃない。こんなところで何やってるの？」

「舟ちゃん泊めて！」

大きな鞄を肩からさげて縋《すが》りつくように頼んできたのは、七歳年下の弟――空だった。

空は現在大学生で舟と仲がよく、このマンションにも何度か遊びにきたことがある。明るくやんちゃなこの弟が頼みごとをする時は、たいてい厄介なことが起こるのだった。

舟はとりあえず自分の部屋まで彼を連れていく。

冷たいお茶を出してやると、喉が渇いていたのかぐびぐびと一気に飲みほした。

「それで？　何があったの？」

空は口を尖らせて何も答えない。

「どうせ、茜《あかね》か父さんあたりと喧嘩したんでしょう」

茜というのは舟と空の妹だ。けれど、空は茜ではないと言った。

「だって、あの頑固じじぃ」

「ほら。仕方ないわね。お姉ちゃんに話してみなさい」

ぽつぽつと話す空の言葉を聞く。

どうやら空は現在付き合っている彼女と結婚したいらしい。父がそれを許さなかったので、喧嘩になり家を飛び出してきたと言う。

なんていうことだろう。どんな場面だったのか簡単に想像がつく。

空は考えなしすぎるし、父も父で、どうせ〝駄目だ！〟の一点張りだったに違いない。

「彼女を妊娠させたわけじゃないわよね」

だったら、家出どころの問題じゃない。

「なっ、なぁ⁉　そ、そんなわけないだろー！　俺はちゃんとしたいの！」

「ちゃんとしたいって何を？」

「一緒に住みたいからさー、やっぱ結婚しなきゃいけないかなーとかさー」

彼女の両親には話をしたのかと問うと「まだ」と答える。

先に自分の父親に話を通そうとしたら、話もろくに聞かずに反対されたということだ。

どうしたものかと悩んでいると、インターホンが鳴る。

出てみると、今度は妹の茜だった。

茜は空を探しにきたようだ。

舟の部屋に入って空を見つけ、その背中を足蹴にして怒る。

「もぉお！　すぐそうやって舟ちゃんのところ逃げるんだから！　どんだけ私たちが舟ちゃんに迷惑かけてきたか忘れたわけ⁉　そもそも二十一歳の学生が結婚しようなんて馬鹿すぎるわ！」

「茜、声が大きい」

注意すると声をひそめたものの、茜の説教は止まらない。

空と茜は外見が似ていて双子のようだが、茜のほうが一つ年下だ。

思えば仕事の忙しい両親に代わり、この二人は舟が育てたようなものだった。可愛がっていたのは本当だが、苦労もさせられた。

ずっとそうしていくものと決めていたが、社会人になったのを機に二人の面倒はもう見なくても大丈夫だと両親に言われ、舟は一人暮らしを始めたのだ。

自立したいという気持ちがあったので、そう言ってくれた両親に感謝している。

そんな感慨にふける舟の前で、二人は言い合いを続けていた。

息を乱していたので改めてお茶を淹《い》れてやると、二人は同じタイミングで湯のみを掴んで、飲みきった。

「とりあえず、落ち着こう。私はご飯を作るね。食べるでしょう?」

「わーい！　舟ちゃんのご飯ひっさびさー！」

「ねぇねぇ、夕飯なぁに?」

「ハンバーグとキャベツのスープ」

本当は西平にロールキャベツを作ってやろうと思っていた。けれど、この二人の分もとなると材料が足りない。

それ以外に豚肉とニラも炒めることにした。

二人にも手伝ってもらいながら、夕飯を作る。

全ての調理が終わった頃、インターホンが鳴った。

「あれ?　誰か来た。俺出る！」

「え、空！　私がっ……」

空が扉を開けると、立っていたのは案の定、西平だった。空は西平をじろじろ見ながら、眉間に皺《しわ》を寄せる。

「はぁ？　お前誰？　舟ちゃんに何か用なの？」

「空、やめなさい」

柄の悪い口調で突っかかっていく空の頭をどかして、舟は西平を部屋に招き入れた。

「ごめんね。とりあえず入って」

「……うん」

西平はどこかぎこちなく部屋に入った。チラチラと空を気にしている。

茜もいるのに気づき、あからさまにほっとした顔をした。

舟は慌てて、空と茜を紹介する。そして、少し躊躇《ためら》いもあったが、西平と付き合っていることを空と茜に話した。

「西平瑛人です」

西平が挨拶をすると、空がますます顔を険しくする。

「俺たちに許可なく、舟ちゃんと付き合えると思ってるんですかー」

すぐさま、茜が突っ込んだ。

「空の許可なんかいらないでしょ！　私は安心したー。舟ちゃんいっつも私たちのこと優先して恋人作れないみたいだったから。こうして安心できる人と付き合ってるなんてよかった！」

「なっ、茜の裏切り者！」

「何よ！　空こそ、舟ちゃんの幸せぶち壊そうって言うの⁉」

「二人とも。もう食事にしよう」

弟と妹が勝手に盛り上がるので静かに怒ると、二人はぴたっと静かになった。

その隙に四人で夕飯を食べようと提案する。

「みんな仲がいいって大事なことだよね。うん、素敵な家族だ」

「な、なんだよ！　取り入ろうったって、そうはいかないんだからな！」

褒められたことが嬉しかったのか、空は顔を赤くした。大人しく食事の準備を手伝ってくれる。

空も茜も舟のハンバーグをよく食べた。

その様子を西平が温かい目で見ている。

食事を終えると、空と茜が片付けをすると申し出た。舟は西平とリビングで隣同士に座り、二人が家に来た経緯を説明する。

「なるほど、そういうことかー。男の子は大変だもんな」

彼が真剣な顔で何か考え出したので、舟は邪魔しないことにした。ふと、ベランダの扉がカリカリと音を立てているのに気づく。

何だろうとカーテンを開くと、リンが扉を開けろと訴えていた。

「えぇ⁉　リン！」

「え、俺もしかしてベランダちゃんと閉めてなかった⁉」

「もう、馬鹿！　戸締まり気をつけて！」

家の中に迎え入れると、リンはしっぽを揺らしながらお気に入りのクッションに寝転んだ。あくびをしながら寛《くつろ》ぐ。

「え、猫？」

「俺の飼い猫。ベランダから来ちゃったみたいで」

「やだ、可愛いー！」

茜が飛びつこうとしたせいか、リンが驚いて机の上に飛び乗った。そして「ふしゃー」と威嚇《いかく》する。

「瑛人、リンを瑛人の部屋に連れていかないと……」

「あー、うん。俺ちょっと空くんと話したいから、お願いしていい？」

なぜか、西平は舟の家に残ると言った。

「俺⁉　な、なんだよ。俺に舟ちゃんをくださいとか言っても意味ないからな！」

空は焦《あせ》ったように西平を睨む。茜が呆れて、その顔を見た。

「ほんっと、空って馬鹿だわ。舟ちゃん、さっきみたいにしないから一緒について行っていい？」

「瑛人、いい？」

「いいよ。俺、空くんと二人で話したかったんで、ちょうどいい」

確認すると、西平は頷く。

「茜、よかったね。リンのこと驚かしたら駄目よ」

「はーい」

リンを瑛人の部屋に戻し、ベランダを確かめる。カーテンは閉められていたが、ベランダの窓が少しだけ開いていた。

舟はベランダの鍵をかける。

「あのお兄さん、隣なんだね。合い鍵持ってるんだ」

「え？　まぁね。瑛人、仕事が忙しくて帰ってくるの遅かったりするから。リンにご飯あげたりしてるの」

茜は「ふぅん」と言いながら、部屋の中をじろじろと見ている。目ざとくリンのおやつを発見し、舟に聞いてきた。

「あげちゃ駄目？」

「だーめっ、さっきご飯貰《もら》ったばっかりだろうから。今度、昼間に遊びにおいで」

「うん、そうする！」

茜から取り上げたおやつを片付ける。

リンの様子をもう一度確認してから自分の部屋へ戻ると、空が真剣な顔で西平の話を聞いていた。

「――どうしても説得したいんだったら、結婚しても問題ないと証明しなければならないんだ。理想ばかり話されたところで、誰も納得できないだろう？　空くんのお父さんだけじゃなくて、彼女のご両親も同じだと思うよ」

「そっか。でも俺はまだ学生だし、大丈夫だって言い切れないよ」

「そう。だったら、結婚じゃなくて婚約にするのはどうかな？　社会人になったらすぐに結婚できるように。空くんは自分がどこに就職するか決めないと。大学三年生なら、そろそろ就職活動だろ？」

舟は正直、驚いた。

なぜこんな具体的な話になっているのだ。

戻ってきた舟たちに気がついた空が、笑顔でこちらを見る。

「舟ちゃん！　この人すっごいな！」

「はぁ……」

「確かに今の俺だと結婚なんて厳しいよな。いいところに就職しないといけないし、彼女ともう一回ちゃんと話し合って、改めて親父に話してみるよ」

その言葉に茜が鼻白む。

「うわぁ、あんだけ私が言っても無視したくせに」

さすが営業部のトップクラスと言うべきか。社会に出ていない大学生を丸め込むことなど、西平には簡単なことなのだろう。

それに年上の赤の他人の言葉のほうが、素直に心に響くということもある。

何やら、勝手に一件落着してくれたようで舟は気が抜けた。

せっかくだからと空と茜は家に泊まることになり、西平は部屋に戻っていく。

舟は空に布団を敷いてやり、茜と二人でベッドに寝た。

「西平さんってすごいな。年下だからって馬鹿にせず俺を一人の男として扱ってくれる人なんて、そうそういないよ」

「あれが私たちのお兄さんかー」

「俺らに兄ちゃんできんのか！　うっわ、一緒に遊んでくれっかなぁ」

「あんたたち飛躍しすぎだから……。結婚の〝け〟の字も出てないのに」

暴走気味の二人には呆れてしまう。

早く寝るように言い聞かせた。

疲れていたのか思っていたよりも早く二人の寝息が聞こえてくる。

けれど、舟自身は気分が昂《たかぶ》ってしまい、寝付けなかった。

まさか弟が結婚したいと言い出すとは思っていなかった。その上、二人が自分と西平は結婚するものだと思い込むなど予想外だ。

彼との結婚について考えると、ぽんっと音を立てながら脳内に小さな自分が現れた。

『とうとう、結婚という話題が出てきましたね』

『三ヶ月くらい前は、孤独死に怯《おび》えていたというのに』

『今度は結婚に怯《おび》えている。ワタシはなぜこうも物事を複雑に考えるのか』

『答えは簡単。ワタシが臆病だから』

舟は「ふしゅー」と息を吐いて、枕を抱きしめた。

相変わらず脳内会議は、舟の痛いところをついてくる。

結婚はしたいと思っていた。一緒にいたいと思える相手と付き合って、結婚に向けて考えたい——そう願っていたのは確かだ。

けれど西平という具体的な相手が現れた途端、不安になっている自分に気づく。

彼のことは愛しい。ずっと一緒にいたい。

でも彼は仕事が忙しいし、土日はフットサルなどに誘われて外に出ていってしまう。

そのことに不満はないものの、結婚するとなると話は別だ。

結婚をして、子どもが生まれた時に、西平は舟と子どもの傍にいてくれるだろうか。

舟の想像の中の西平は邪魔だと思うほどに一緒にいてくれる。もしその想像が現実と違ってしまったら。

知り合ってから五年もたっているが、付き合い出してからはまだ数ヶ月だ。本当の意味で西平という男を知っているとは言えない。

ただでさえ、彼のことをいろいろ誤解していたのだ。

舟はそこまで考えて、自嘲した。

西平自身にプロポーズされたわけでもないのにその気になり、先走って心配までしている。

「寝よう」

舟は、自分と茜の毛布をかけ直し、眠りについた。

次の日の朝。朝ご飯を作り二人を乱暴に起こす。

二人は寝起きが悪いので、かけ布団を勢いよくはいだ。

「ほら、起きなさい！　ご飯食べて！」

「うー、眠いぃぃい」

「舟ちゃん、ひどいぃぃい」

布団の上で転がりながら、ぐずぐずと文句を言う。

「そう。別に寝ててもいいわよ。朝ご飯がなくなるだけだもの。瑛人のところに持っていって二人で食べようかしら」

わざとらしく言ってやると、二人はがばっと起き上がって洗面所へ駆け込んだ。

三人で朝ご飯を済ませ、みんなで実家に行くことになる。

ばたばたと音を立てて外に出ると、西平も同じタイミングで出てきた。

「あれ？　瑛人。どこか行くの？」

「うん。舟の家に」

車のキーを指でくるくる回しながら、にっこりと笑みを浮かべている。

「はい？」

「あ、瑛人さん！　今日は車出してもらってあざーっす！」

「はいぃ⁉」

どうやら、空が連絡をとっていたようだ。

「いつ空と連絡先、交換したの？」

「昨日！　これからも瑛人さんに助言貰《もら》おうって思って」

「いーなー！　私も、私も連絡先交換してください！」

茜も西平に擦り寄る。

舟は自分だけが置いてけぼりにされた気分になった。

知らない間に西平が弟と妹を攻略している。

その上、実家まで来るというのはどういうつもりだ。両親に挨拶をしようとでもいうのか、それとも本当に送るだけなのか。

たとえ西平自身は車で送るだけだと考えていたとしても、弟妹の様子を見ていると、それを許しそうになかった。

絶対に家の中にまで連れ込む気だ。

舟は思わず西平の格好を見た。スーツではないが、シンプルで綺麗な格好をしている。が、よく考えれば、だいたいいつも休日はそんな格好だ。西平の思惑《おもわく》はわからない。

呆然としている背中を空と茜にぐいぐいと押される。気づけば西平の車の助手席に乗っていた。

「もう、何がどうなっているのか……」

「ははっ。昨日、空くんに俺の車に乗ってみたいって言われたから、送ってやろうかって話をしてたんだよ。舟のご両親にも一度、挨拶しておきたかったしね」

「……挨拶」

挨拶とはなんだっただろうか。

そこまで考えたものの、頭がパンクしそうになった舟は、とうとう思考を放棄した。

実家近くのパーキングに車を止めて四人で家に向かう。

すでに空から連絡されていたらしい母が、それはもう西平を歓迎した。

「あらあら、貴方が西平さん？　あらあら、素敵ねぇ。あらあら」

母は嬉しいと〝あらあら〟と繰り返す。今日は大盤振る舞いだ。

西平はデパ地下で買ったお菓子をそつなく母に渡した。

リビングに行くと、父が新聞を逆さまに広げている。

「……父さん、新聞逆だけど」

「はっ⁉」

指摘すると、父は慌てて新聞を元に戻した。続けて空に視線をやり、眉間の皺《しわ》を濃くする。

母が六人分のお茶を用意してくれた。リビングに家族全員と西平が集まる。

やはりここは自分が西平を紹介するべきかと口を開きかけた時、彼が立ち上がって頭を下げた。

「はじめまして、舟さんと真剣にお付き合いさせていただいている西平瑛人と申します。この度は急にお邪魔して申し訳ございません。ご挨拶に伺いました」

舟も西平にならうように、頭を下げる。

「えっと、瑛人さんは同じ会社の同期なの」

「そうか、西平くん。真剣にと言うが、結婚はどう考えているんだね。同い年ということは、舟の年齢もわかっているね」

　実の父とはいえ、なんて失礼な発言だ。

　ムッときたが、両親からすれば二十八歳にもなると心配なのだろう。いくら晩婚化が進んだとはいえ、期限があるとは舟も考えていたことだ。

「もちろんです。僕としては、舟さんさえよければすぐにでもと考えてます」

「え！　私次第なの？」

「あらあら、舟ったら楽しそうねぇ」

　母の指摘通り、なんとなく楽しい気分になったのは事実だ。

　自分次第でこの男の運命が決まる。

　西平は舟が結婚を望んでいたことも、迷っていたことも見抜いているのかもしれない。わかった上で答えを待っていてくれているのだと思う。

「よくわかった。それで、西平くんはどこファンなんだね」

　何がわかったのか不明だが、父が突然話を変えた。

　ただ、恐らく結婚の意思より本当に聞きたかったのはこっちだ。

　何を聞かれているのかわからない西平に、空が小声で「サッカーチームの話」と教えていた。

　そう、父は大のサッカー好きだ。特に地元のサッカーチームをこよなく愛し、応援している。

ちなみに、日本代表チームも好きだし、暇さえあれば海外の試合も観ていたりする。

西平は今まで見たこともないくらい、緊張した顔で答えた。

「僕は地元のチームが……。サッカーではありませんが、フットサルなんかもやってます」

その返答に父が相好《そうごう》を崩す。

「フットサル！　そうか、君はフットサルもやるのか。今度うちのチームと試合でもしないかね」

「大歓迎です！　会社でチームを作ってるんです。今度ぜひ」

突然、意気投合してしまった。

母はころころと笑いながらそれを見ている。

二人の話が落ち着くのを待ち、空が切り出した。

「親父、彼女との結婚はしばらく考えてみる。ちゃんと就職して稼げるようになってからじゃないと駄目だってわかったんだ」

「……突然の変わりようだな」

「空ってば、昨日瑛人さんに話を聞いてもらって考え方ころっと変えちゃったのよ」

「ほう、そうなのか」

家族内での西平の好感度は高まるばかりだ。

問題はないのだが、外堀が埋められていっているようで悔しい。

決定権は舟にあったはずなのに。

数時間ほど実家で話をして、夕方に西平と二人で家を出た。帰りの車内でぼんやりと外を眺めていると、西平が少し緊張した声で話しかけてくる。

「……嫌、だった？」

「何が？」

「挨拶したの。舟が俺との将来をいまいち思い描けてないのはわかってるんだけど。ごめん、どうしても、もう一歩近づきたかった」

運転中なので真っ直ぐ前を向いたまま、西平が話す。舟も正直に答えた。

「思い描けていないんじゃないよ。思い描き切れてないってのが正しいかな。瑛人が私を幸せにしてくれるんだろうっていうのはわかってる。……けど、展開が速すぎて、気持ちが追いつかないんだと思う」

何を迷う必要があるのか。自分を好きでいてくれて、幸せにしてくれるのがわかっているのに。

それでも舟は悩むのだ。

「……それも少し違うんじゃないかな。俺は舟を幸せにしたいと思ってるし、幸せにする自信もある。でも、それは俺が決めることじゃなくて、舟が決めることだろう?」

「確かに」

「俺に言えるのは、舟と一緒になれたら俺は幸せになれるし、俺を幸せにしてほしいってことかな。もちろん、俺も舟を幸せにする努力をするけど」

なかなかの殺し文句だ。彼は舟のツボを押さえている。

舟は基本的に自分一人で生きてきた。もちろん、いろんな人に支えられていることはもう気がついている。ただ、自分の指針の問題だ。

だから、幸せにしてやると言われたら「私の幸せは私じゃないとわからない」と答えてしまったかもしれない。

西平はそんな舟の考えを理解して、彼自身を幸せにしてほしいと願ってきたのだ。

自分がいれば、この男は幸せになれるという。それを認識した途端、必要とされていると実感が湧いた。

「そうねぇ、ちゃんと考える。とりあえず、本当にもう隠し事はやめるわ。私の家の合い鍵を渡す」

舟は西平の部屋の合い鍵を持っていたが、自分の部屋の合い鍵は渡していなかった。

舟が西平の部屋に行くことが多いので必要がなかったのだ。

けれどこれは信頼の証《あか》しだ。

西平を信頼している――それを伝えたかっただけなのだが、運転が一瞬乱れた。息が止まりかける。

「ひぃ」

「ごめん！　大丈夫！　大丈夫だ！」

真剣な顔で前を睨みつけながら、西平はハンドルを切る。

「くっそ、なんで今運転中なんだ！　運転中じゃなかったら、舟の可愛い唇を舐めて舌突っ込むのに！」

「言い方がひどい」

せめて普通にキスと言えなかったのか。

それでも、西平が喜んでいることがわかって、舟も嬉しくなった。

心配事はつきないが、それは誰であっても同じだ。幸せにしてほしいと願われたのだから、幸せにしてあげたい。

舟は西平と付き合っていることを社内で隠すのをやめた。

とっくにバレていたのでそれこそ今さらだが、気持ちの問題だ。

ただケジメをつけるために、社内ではお互い苗字を呼び合うことだけは徹底した。

同時期に美玖たちも隠すことをやめたと言い、四人で食事をとった。

＊＊＊

翌週の金曜日、父から電話があった。

『引っ越しを考えてると聞いた』

開口一番にそう言われる。

「あー、うん。いろいろあったから」

先日実家に戻った時に、下着泥棒に部屋に侵入された話をしていた。それほど怖いという感覚はなくなっているが、気持ち悪くないといえば嘘になる。

『お前の口座に引っ越し費用を振り込んだ。使いなさい』

「父さん……。嬉しいけど、私を甘やかしたら……」

『これは、甘やかしてるとは言わない。引っ越し先が決まったら教えるんだぞ』

「ありがとう」

金銭的に厳しかったのは事実だ。

だから、父の優しさはとてもありがたかった。

舟は西平の部屋へ行き、リンと戯《たわむ》れている彼に話しかける。

「瑛人」

「ん？」

「私、引っ越そうと思うの」

「……そっか。あんなことがあったし、引っ越すつもりって言ってたもんな。それで？引っ越し先はどこにする？」

この街を気に入ってはいたが、思い切って別の街への転居を考えている。舟は会社の沿線で家賃の条件があう街を数ヶ所挙げた。

「一度不動産屋に行ってみようかなって」

「わかった」

隣の部屋から引っ越すことについて何か言うかと思っていたのだが、西平は特に何も口にしなかった。少しだけそれを残念に思う。

その日、舟は西平のベッドで眠った。

西平はやることがあると、舟を先に寝かせる。

結局彼は明け方近くまで何かをしていたようだ。朝、舟が起きるとあくびを嚙み殺して、パソコンのディスプレイを見せる。

「何？」

「まず、俺の年収。んでこっちが、月の出費と家賃として出せる金額。そんでもって、俺の引っ越し条件」

確かにそこには、西平の経済事情が詳しく書かれていた。恋人とはいえ、こんなものを他人に見せていいのかという疑問が浮かぶ。

「えー……っと？」

「これらを踏まえ、昨日舟から聞いた条件を照らし合わせるとだ。一軒家はさすがに無理だけど、マンションならそこそこいいところに住める。セキュリティがしっかりしていることが必須だし、リンがいるからペット可ってところな」

ディスプレイが次の画面に切り替わり、不動産屋のサイトからピックアップしてきたらしいマンションの画像が映される。

さらに画面が替わり「俺と共にいるメリット」というタイトルが付けられたページになった。

西平は真剣な表情でそれを読み上げる。

「浮気はしない。一人暮らしが長かったから家事全般もそこそこできる。舟に何かあったら休憩時間を使ってでも傍にいるし、これから飲み会の回数も減らす。絶対に舟のことを守るし、悲しませないように努力する。一緒に幸せになってもらいたい。何より舟が俺のお嫁さんになってくれたら、俺が幸せです」

そこで彼のプレゼンが終わった。

西平は舟を真っ直ぐ見つめ、細長い箱を差し出す。舟はそれを受け取り、ラッピングを外した。

　中身は舟の誕生石が埋め込まれたネックレスだ。

「どうか、俺と結婚して俺のお嫁さんになってください」

　西平が頭を下げる。

「ふ、ふふっ」

「……しゅ、舟？」

「あははっ、プロポーズがプレゼンって！　もっとスマートにしてくるのかと思ってたけど、ふふっ、嬉しい。あー、もう、すごい嬉しい」

　西平のようなタイプは高級レストランかどこかで、サプライズで派手なプロポーズをしそうだと思っていた。

　けれど、実際はこんなプレゼンみたいなプロポーズ。

　それが愛おしい。

　それに西平が〝お嫁さん〟などと言うとも思っていなかった。響きがとても可愛い。

「西平瑛人さん。私をお嫁さんにしてください。貴方と一緒だったら、私も幸せです」

「舟っ！　よかった！　やっぱりネックレスだと駄目だったかな、とかすげぇ考えちゃった」

「そうだ。なんでネックレスなの？」

「いや、まさか急にあんな話になるとは思ってなくて、今日不動産に行くって言うから。前から舟にあげようと思って買っておいたネックレスがあったんだ。プロポーズするなら何かないと格好つかないし。いろいろ考えて。あ、もちろん。婚約指輪は一緒に買いにいこうな」

彼のこういったところがとても好きだ。

たくさんのことを考えて、実行する。自信があるように見えるのに、実際はいろんな不安を抱えているのをうまく隠しているのだ。

「ねぇ、瑛人。ネックレスつけて」

「もちろん」

西平にネックレスを手渡すと、彼は頬をゆるめっぱなしの顔で舟の後ろに回り、つけてくれた。

彼の手が肩から首筋へと滑り、頤《おとがい》を撫でて後ろへ向くように誘導する。舟はそれに逆らうことなく振り向き、唇を合わせた。

何度も口づけ、離れては口づける。

熱くなった息が混じり合い一つになった。

西平が舟の隣へ移動して、ソファーに押し倒すように圧《の》し掛《か》かってくる。舟は彼の首に両腕を回して、鼻を擦り合わせた。

かぷっと鼻先を甘噛みすると、西平は舟の耳朶《じだ》を舐める。西平の歯が当たり、舟の身体が戦慄《わなな》いた。

西平の手が舟の服の中に入り込み、下着のホックを外す。下着の隙間に彼の熱くてごつごつとした指を感じた。

指の腹で胸の周りを撫でられる。外から中央へ向かうように優しく。

あと少しですでに尖っている頂《いただき》に辿りつくというのに、そこには触れず、焦《じ》らすように周辺を這う。

今度は外に向かって胸を撫で回された。

熱に浮かされた頭の中で、まだ朝早いのにとちらりと考えるも、すぐに思考は消えていく。

彼に触れられた場所に熱が灯り、敏感になっていった。

西平は舟の頤《おとがい》や首筋にちゅっと音を立てながら口づけ、ぬるぬるとした舌で舐める。

舟は西平の髪の毛に手を差し込み、耳を包んだ。

舟の手が動くたびに、西平が笑う。

服をまくられて、お腹が晒《さら》された。臍《へそ》周りを舐められ、尖らせた舌を差し込まれる。

そんなところまで舐めないでほしいのだが、彼は全身を舐めたいようだ。

「ぞわぞわする」

「舟の性感帯を探すのって楽しい。舟は触られるのが好きだけど、舐められるほうが興奮するよね」

「わ、たしに聞かれても」

西平が目を細めて笑った。彼は舟がどんなふうにされると気持ちがいいのか、本人以上に覚えている。

西平が起き上がり、舟の両脚をさすった。片脚を持ち上げ、その甲に口づけをする。

「下僕気分」

「主導権を握ってる人が下僕なわけないでしょうよ」

いつだっていいように翻弄《ほんろう》されているのは自分のほうだ。

なんてことを言い出すのだと睨むものの、彼の舌が足の指を這い回り始めると何も考えられなくなった。

「待っ……っ、そこは、そこはさすがにっ」

「足小さいなー、可愛い」

「普通サイズだとおもっ、んんっ」

ちゅっ、ちゅっと指先に一本ずつ口づけて、西平が足の甲を舐め上げる。足首を甘噛みし、ふくらはぎをふにふにと揉みしだいた。

重力に負けたスカートがまくり上がる。下着が見えるか見えないかのギリギリのラインで止まったそれを見て、西平は口の端で笑った。

「見えそーで見えないって、そそる」

スカートの中に入り込み、脚の根元に息を吹きかけては舐める。

突然きわどいところを強く噛まれ、舟の眉間に皺《しわ》が寄った。

「も、瑛人っ⁉」

「ごめん、痛かった？」

「少しだけ。噛むのはいいけど優しくして」

「……あのさ、こんな時に聞くのもなんだけど。俺が噛むの嫌じゃない？　変とか、気持ち悪いとか思わないの？」

「本当にこんな時に聞くことではないわね。何度も人の身体を噛んだ人の言葉とも思えないわ」

西平に噛み癖があることはとっくに気がついていた。性癖なのか抑制が利かなくなると出るのもわかっている。

たいした痛みでもないので、見えるところに痕《あと》が残らないなら特になんとも思っていなかった。むしろ、スパイスとしてはいいとすら思っている。

「気持ち悪いなんて思ってないわ。瑛人に噛まれると、ここが疼《うず》く」

舟は挑発するように下腹部を撫でた。西平は泣きそうな顔で、舟を強く抱きしめる。

「昔、付き合ってた彼女に甘噛みしたら泣かれて気持ち悪い、変態、異常者って騒がれたことがあるんだ。ずっと我慢してたんだけど舟とすると我慢しきれなくて。最初の頃から舟は気がついてたよね。舟は痕《あと》をつけたら怒るけど、噛まれること自体は嫌がらないからさ、俺、いつも調子にのっちゃうんだ」

「私は平気だから、大丈夫。それよりも、プロポーズの後のエッチの最中に昔の女の話をされたことのほうがムッとする」

「え、あ、ごめんっ。俺、無神経だったな」

西平はぱっと上半身を起こす。

しょぼんと落ち込んだ彼の唇に、舟は口づけをした。

「気持ちよくしてくれたら、許す」

「舟っ！　任せて。苦しいくらい気持ちよくするから！」

「……いや、待って！　訂正。今日、買い物に行きたいから、その体力は残させて……」

「うーん、善処する？」

する気がまったくない声色だった。

西平がまた屈《かが》んで、先ほど噛んだ場所をぺろっと舐める。そして、下着越しに秘所に鼻をくっつけた。

「ひんっ」

その部分を舐められたり嗅《か》がれたりすると羞恥《しゅうち》に身体が熱くなる。

下着をずらすことなく、布越しにべろりと舐められ、指で弄《いじ》られた。直接ではない刺激に焦《じ》らされ、腰がゆるりと動いてしまう。

そんな舟の反応を見ながら、西平は秘所を舐めては弄《いじ》る。

舟の下着はその機能を果たせないほどに、愛液と唾液まみれになった。

西平はやっと指で下着をずらし、ひくひくと期待で蠢《うごめ》く秘所に直接触れる。花芯を優しく撫でながら、舌を膣内へ侵入させた。

待ち望んでいた刺激に、すぐに達してしまいそうになる。けれど、西平はそこで動きを止めた。

達することができず、身体中が疼《うず》く。

焦《じ》らさないでと文句を言うことすらできずにいる。

はふはふと甘い吐息を漏らしながら、頭の中は達したいという気持ちに支配されていった。

「んんっ、ん、ん、あん、あぁっ、んん」

抑えきれない喘ぎ声を部屋に響かせ、達したくても達せないつらさに目尻から雫《しずく》が零れる。

「てる、とぉ。イキたいよぉ……」

「うん。わかるけど、まだ駄目」

「うぅう、やぁ、イキたいぃい」

子どものように駄々を捏《こ》ねる。

胸の頂《いただき》も触ってもらえず、下着が擦れて痛いぐらいだし、秘所もぐずぐずになってしまっている。

思考は溶けて、ひたすら西平に懇願した。

「もうちょっと我慢しよう。俺のガチガチに勃起したものを挿《い》れただけでイケちゃう寸前まで、解《ほぐ》して気持ちよくしてあげるから」

過ぎた快楽は毒だ。

苦しくて、つらい。

舟は、早くして嫌だ、と何度も首を横に振った。

目尻から流れる水滴は止まってくれないし、愛液も零れていくばかり。

身体中の水分がなくなってしまいそうだ。

西平の舌が花芯を舐め、口腔《こうこう》に含む。そしてねっとりと舌で扱《しご》かれた。

「んぁあ、あ、あ、んんっ、あ、んっ」

彼の肩に乗っている足が攣《つ》りそうになり、びくりと跳ねる。

舟はうまく息が吸えなくなっていた。

「もう、いいかな」

西平は唇を手の甲で拭《ぬぐ》い、避妊具を硬く勃ち上がった肉棒につける。舟の下着はとっくに脱がされ、足首にひっかかっていた。

先端を秘所の入り口にぐちゅぐちゅと擦りつけ、西平は液をまぶすように腰を動かす。花芯に肉棒が当たっては擦れるのが気持ちいい。

「瑛人、はやく、はやくっ」

「やば、今までで一番膨れてるかも」

じゅぶっと淫猥《いんわい》な音を立てながら、熱い肉茎がゆっくりと膣内へ挿入された。浅い部分で抽挿したと思えば、一気に膣奥まで押し込まれる。

欲しかった刺激と圧迫感に、舟はすぐに達してしまった。

無意識に締め付けた膣壁が、白濁を搾り取ろうと蠢《うごめ》く。

「くっ、はっ、俺もっイキそう。最高に気持ちがいい。ずっと好きだった子が振り向いて、俺とこんなことしてるって考えるだけで、出ちゃいそう」

西平が嬉しそうに笑いながら、達したばかりで敏感な舟の膣内を犯す。何度も大きな肉棒で擦り、腰を回して刺激を与えてくる。

彼の両腕が舟の腋《わき》に差し込まれ肩を掴まれた。背中を抱きしめられるよりも身体が密着し、身動きが取れなくなっている。

舟も西平の背中に両腕を回し、これ以上は無理だというほどにくっついた。

ぱちゅんぱちゅんと結合部分から粘ついた水音が聞こえる。

気がつくと目の前の彼の肩を無意識に噛んでいた。

西平が息を一瞬止めて、舟の首筋を噛む。続いて暴力的なほどの勢いで膣奥を穿《うが》った。

目の前が霞《かす》み、足先が痺《しび》れる。

全身を駆け上がる快楽に逆らえない。

「あ、あ、んんぁ、あぁあんん、あぁあああっ」

ひときわ高い嬌声《きょうせい》を上げながら、舟が背中に爪を立てて達すると、西平も腰をぐっと押し付けて身体を震わせた。

「ぐうっ」

低いうめき声と共に、肉棒がより膨張し、震え、爆《は》ぜる。

二人は息を乱しながら、何度も口づけ合った。

しばらくそうして、熱が冷めるのを待つ。ゆっくりと離れていく西平の身体を舟は名残惜《なごりお》しいと思いつつ手離した。

「瑛人、み……ず……」

かれた声で呟《つぶや》くと、避妊具を処理するために立ち上がっていた西平が水を持ってきてくれた。

一気に呷《あお》り、息を吐く。

「少し休んだら、指輪を買いに行こう」

「うん」

ソファーだと休みにくいだろうと、抱き上げられベッドに連れていかれた。舟は大人しく運ばれる。

ベッドにごろりと寝転がりながら、首にかかったネックレスに触れた。

このまま一日ベッドで過ごしてしまいたいが、婚約指輪を買いに行かなければ。それに不動産屋にも行きたい。

嫌いだった同期が家族になるとは、夢にも思わなかった。

人生は何が起こるかわからないものだ。

不意にベッドに重心が加わり、視線をそちらに向ける。リンがしっぽをゆらゆらと揺らしていた。

首元を撫でてやると、ゴロゴロと気持ちよさそうに鳴く。

「いろんなきっかけをくれたのは、リンだったね。ありがとう」

「にゃー」

リンは嬉しそうに鳴いた。

その声を聞きながら舟は目を閉じた。

新居の一角に二人と一匹の写真、マグカップ、そしてネックレスが並ぶのは、もう少し先の未来――

書き下ろし番外編

惚れた病に薬なし

結婚することが決まり、舟の実家へも西平——瑛人の実家へも挨拶を終えた。

さすが営業成績ナンバーワンなだけあって瑛人の手腕はなかなかのもので、特に目的が決まってからの行動が凄まじく速い。やらなければいけないこともそこそこあったというのに、気がつけばそれらも消化されつつあった。

家探しも瑛人が何件かめぼしい物件をピックアップしたので、不動産屋へ行って見て回る。二人にとっての条件は、駅から徒歩十五分以内であることと、会社へは乗り換えなしで行けること。そしてなによりも重要なのはペット可であること。

どうせなら買うかという話にもなったのだが、どうにも踏み切れなかった。一軒家でもマンションでもいいのだが、なんとなく家を買うというのはもっと先のようなイメージだ。

不動産屋には、税金のことなどがあるから早いうちに買ったほうが得だとも言われたが、家を買うというのはあまりにも大きな買い物だ。

「はー、家探しって大変だよなー」

「紙の資料だけだとわからないもんね」

「いいなって思ったのに結局部屋が狭いとか、臭いが気になるとか、線路が近くて電車の音が響くとか……。そんなに条件なんてないと思ってたけど、実際に探してみると最低限の条件っていくつもあるよな」

瑛人が唇を尖らせながら、リンのお気に入りのおもちゃを手に取って遊びはじめる。リンはそのおもちゃめがけて飛んだり噛んだりと大忙しだ。

「猫になりたい……」

「お、にゃんにゃんプレイ？」

「馬鹿なの？　ねぇ、馬鹿なの？」

なにも考えずにいられる猫になりたいという意味で呟いただけだというのに、なぜか彼はそっち方面に受け取った。瑛人らしいといえば瑛人らしいのだが。

「ちぇっ、せっかくだから猫になれるやつ着てもらおうと思ったのに」

「なにそれ……」

「男のロマンだな」

「聞かなかったことにするわ。私は聞いてないっ！」

手で両耳を塞《ふさ》ぎ軽く叫ぶと、リンがびっくりしたのか身体をびくっとさせてソファーの上に飛び乗った。

「あ、ごめんね」

「人懐っこいわりには、ちょっとしたことにビビったりするんだよなぁ」

瑛人がおもちゃを置いて、舟のほうににじり寄ってくる。そして舟の膝の上に頭を乗せてごろんと寝転がった。舟はそんな瑛人の頭を優しく撫でる。柔らかい髪の毛が気持ちいい。

「別の不動産屋に行ってみようか」

「そうだね。他にいいマンションがあるかもしれないし。やっぱり賃貸マンションでいい気がするんだよね。買うかどうかはもう少し考えてからでもいいと思うしさ」

「うん。とりあえず引っ越しを最優先で考えようか。これ以上舟をあの部屋にいさせたくないし」

「ふふ、ありがとう」

以前不審者が部屋の中に入り込んでからというもの、瑛人の部屋にいることのほうが多くなってしまった。事件があった当時よりは気持ち悪さが薄らいだとはいえ、やはりなんだか嫌な気分になることがある。

彼はそれに気づいてくれている。そのこと自体がとても嬉しい。

それから何軒か不動産屋を巡り、元々の予算より少し家賃が高くはなったが、満足のいく部屋が借りられることになった。ペット可で会社までは電車で一本。少し駅から歩くものの、人通りが多く治安も悪くない。

引っ越しまで残り一ヶ月半。

それぞれ帰宅後に部屋の片付けをし引っ越しの準備を進めているとき、事件は起こった。

舟のほうは例の不審者騒ぎがあってから少しずつ準備を進めていたため、それほど時間はかからず作業を終えられそうだった。問題は瑛人のほう。

最近飲み会を減らすことを宣言したせいで、かえって飲み会に誘われる頻度が高くなったらしい。これが最後で、以降は断ってくれてもいいと懇願されて。そんな風に言われてしまえば断ることが難しく、結局その飲み会にはできるだけ参加するという状況に陥《おちい》っていた。

人気者だから仕方ないと思うべきなのだろうが、まったく引っ越しの作業が進んでいないことが不安になる。これでは引っ越し前日に徹夜になる可能性も覚悟しなければならない。

舟は瑛人の了承を得て、できることから瑛人の部屋の引っ越し準備をしていた。引っ越しまでは舟の部屋のキッチンを使えばいいので、まずはキッチンを片付けることにする。

元々キッチン関係は、瑛人の持ち物でも、舟が主導権を握っている状態だ。瑛人も料理をするが、自分は拘《こだわ》りがないから舟のものを使うと言っていた。そこで、お玉や鍋など、舟も持っているようなものは思い切って処分することにした。

「まったくもう。瑛人はそういうところがあるよね。たしかに最近だと私が料理作ってることのほうが多いけどさ。むぅ……」

別に腹が立つわけではないが、なんとなくムッとする。

「ん？　なにこれ」

キッチン戸棚の一番奥のほうに、茶色の袋が隠すようにおいてあった。なにかのキッチン用品か缶などを入れて忘れてしまっていたのか。どちらにせよ、開けるのに少し勇気がいる。けれど、さっさと片付けていかないと終わらない。

舟は勢いよくその袋を開けて、目をぱちぱちと瞬《またた》かせる。

「……なにこれ」

本日二度目のなにこれであった。

瑛人が帰ってきたのは夜の十時過ぎ。

今日は飲み会だと知っていたし、お世話になっていた人の誘いだから断れないと言っていた。こういう部分では男性も大変だと思う。舟が営業時代、飲み会に誘われることはあまりなかった。もちろん舟の性格もあっただろうが、女性だったということも大きいのだろう。

舟は飲み会が得意ではないので、誘いがないこと自体はありがたかった。

行きたくなくても行かなければならないというのは面倒なことだ。

「舟、ただいまー」

「おかえり」

「……えーっと？　なにか怒ってる？」

瑛人はソファーの上にリンと一緒にいた舟を抱きしめたが、舟が言葉でしか反応を示さないので、不安そうな顔をしながらこちらを覗き込んでくる。

「別に怒ってはないけど、テーブルの上のものはなんなのかは知りたい」

「テーブルの上？」

瑛人が視線をテーブルに向ける。

テーブルの上には、女性用のコスプレ衣装と女性の顔写真付きの名刺が綺麗に並べて置いてある。

「うわぁああ！　なんだこれ？　へ？　はぁ？」

「なんだこれって、瑛人の部屋から出てきたものだけど」

「俺の部屋？　俺の部屋のどこから？」

「部屋っていうか、キッチンの棚。一番奥に隠すように置いてあった」

「ちょっと待って。五分、いや俺に一分だけちょうだい」

「ドラマの主人公みたいな台詞《せりふ》」

あれはたしか三分だった気がする。

別に怒っているわけではない。それに、相当埃《ほこり》を被っていたので随分前にしまい込んだものだと理解していた。多分、舟と付き合い始める前に手に入れたもののはずだ。ただ、噛み癖以外にこういう性癖があるのかという疑問が湧いたのだ。

コスプレはちょっと痛々しい。瑛人の前だけであればできなくもない気もするが、着たら最後、いろいろな衣装がクローゼットに増えていきそうな気がする。

「えー、こちらですが随分前に取引先の人から酔っ払った勢いで貰《もら》ったやつです。処分するのにも困って、目に見えないところに置いたって……感じ……です」

「いや、そんなにしょぼんとしないでよ。怒ってないし。じゃあ、捨てちゃっていいってことよね?」

「え、うーん。うん……うん」

「さすがにこれを着る気はしないわよ……。いつのものかわからないし、もし名刺の写真の人が着た後のものだったら……」

さすがに気分が悪い。第一広げてみたコスプレ衣装は、正直に言って舟の身体よりもかなり細身に作られているのだ。腰がはまらない気がして、怖い。

「そうじゃなかったら着てくれるの？」

「んー、どうだろう。わからない……」

痛々しい気持ちにはなるが、やはり彼から懇願されたら断れないだろう。

そんなことを考えていると、瑛人がクローゼットからなにか小さな箱を取り出して戻ってきた。

「これ、を、着ていただけたら」

「……なんだろう。瑛人らしいわ」

箱の中には黒い猫耳と尻尾、それに合わせたセクシーランジェリーが入っていた。

「そうね。着てあげてもいいけど、条件がある」

「条件？　条件クリアしたら着てくれるってこと？　俄然《がぜん》やる気出る」

なんだか選択を間違えたような気もするが、そうではないと思うことにしよう。

「まず、引っ越しまで短いのでもう少し準備を進めること。それと、今後こういういかがわしいものは貰《もら》ってこないこと」

「そんなことでいいの？」

「いいわよ。というか、付き合いでいろいろなお店に行ったことあるのは知ってるけど、さすがにこういうのを貰《もら》ってくる旦那は嫌よ」

「もちろん。もちろんです。絶対喧嘩になる火種は貰《もら》ってきません！」

瑛人はそう断言すると舟のことをぎゅうっと強く抱きしめ、唇を寄せた。

「ふふ、私も余裕が持てるようになったでしょ」

「そう？　前から舟はいつも冷静で余裕たっぷりに見えてたよ。それで、俺がいつも振り回されてた」

「振り回されてたのは私だって同じだよ」

舟は瑛人の首に両腕を回すと、甘えるようにその頤《おとがい》に口づけをし、肩口に頭をぐりぐりと擦《こす》りつけた。彼のスーツからは、数種類のたばこや香水の匂いが入り交じって匂ってくる。

「瑛人、くさい」

「あ、ごめん。すぐシャワー浴びてくる」

「行ってらっしゃい」

バタバタと風呂場へと向かっていった瑛人を見送って、カーペットの上でごろごろしているリンを抱き上げる。

「リンも新しい家、気に入ってくれるかなぁ」

「んなぁ」

「楽しみ？」

「にゃー」

まるで通じ合っているかのように言葉を交わす。

リンを優しく撫でていると、だんだんと眠気がやってくる。舟は瑛人の部屋に置きっぱなしにしているパジャマに着替え、ベッドの上にごろんと転がった。リンもベッドの上に上って寝転がる。

瑛人のことを待っていなければと思いつつ、うとうとと重たくなる瞼《まぶた》をなんとか開けようと努力する。

「舟？」

「うーん？」

「眠い？」

「んー」

「寝る？」

「んー」

優しく頭を撫でられる感触がした。太い指が髪の毛を絡め取る。間近で感じる彼の香りに舟は安心して眠りについた。

翌朝の土曜日。

舟が起きると、すでに瑛人は起き出していて引っ越しの準備を着々と進めていた。

「なんか約束のおかげでやる気出ちゃって。朝自然と目が覚めたから、はりきって片付けてる。そのせいか、リンがビビって棚の上に避難しちゃった」

「うん。私より遅く寝たはずなのに私より早起き」

「あ、起きた？」


「本当だ」

瑛人が指を差したほうに視線をやると、リンが棚の上でうずくまりながらこっちを観察していた。なにをしているのだろうかこの人たちはという目をしている。

舟は顔を洗い着替えを済ませて、瑛人の部屋の片付けを手伝い始めた。


それから早々と一ヶ月半が過ぎ、引っ越し当日となった。

転居のことを会社に伝えると、会社を通じて手配できる業者があったので二人で申し込んだところ、作業員の数を増やして二部屋同時に作業してもらえることになった。

瑛人には転居先で業者がくるのを待ってもらい、舟は彼らが出ていった後二部屋を掃除した。明日不動産屋に鍵を返したり査定をしてもらったりする。

引っ越し先には美玖たちも手伝いにきてくれた。ありがたいことだ。

とにかく必要な荷物を優先に段ボールから出していき、自室の片付けは後回し。

新居は2LDKで、一部屋を寝室にしてもう一部屋は服などを置く予定である。リビングはリンの住処《すみか》だ。リンは新調したキャットタワーの一番上に上ってさっそく寛《くつろ》いでいる。もしかしたら、上ってくれないかもしれないと思っていたが杞憂だったようだ。ある程度段ボールを開け切ってから四人で外に食事をしに行き、美玖と東郷にはお礼を言って、そこで別れた。舟と瑛人は手を繋ぎ、緩く振りながら帰り道を歩く。

「なんだか新鮮な気分だな」

「そうだね。結構一緒に帰ることも多かったけど、街並みが変わると気分も変わる」

「新しい一歩なんだなぁって思うよ」

「私たちの？」

「そ、俺たちの。ほとんど半同棲状態だったけどさ、これからは帰れば舟とリンがいて舟の手料理が食えて、舟のことを毎日抱きしめて寝られるんだって思うと幸せだなって思う。舟が自分の部屋に帰っていくのを見送るたびに、帰したくないなーって思ってた」

「すぐ隣なのに。でも、私も帰るのやだなーって思ってた。ちょっと会えないぐらいのほうがちょうどいいのかなって思ったりもしたけど、やっぱり同じ空間に一緒にずっといられるって幸せなことだなって思う」

瑛人が立ち止まり、真剣な顔をする。

「瑛人？」

「舟、これからもよろしくお願いいたします」

「私のほうこそ、これからもよろしくお願いいたします。大事にするので、大事にしてね」

「もちろん！」

瑛人が嬉しそうに笑う。つられて舟も笑った。

マンションに帰ると、玄関でリンが座っている。

「ただいま、リン」

「んなぁ」

瑛人が抱き上げ、リビングへと向かう。舟も後ろからついていき、スマホと財布を机の上に置いた。瑛人も同じようにする。たまたま彼の待ち受け画面が目に入る。

「なっ、瑛人!?」

「え？　どうした？」

「どうしたじゃないわよ！　この待ち受けなに！」

舟が瑛人にスマホの画面を見せる。最初は不思議そうにしていた瑛人が慌てて舟の手から自分のスマホを奪還する。

リンはぴょんとテーブルから下りて、キャットタワーへと避難する。

「ぎゃー！　バレた！」

「バレたじゃない！　即刻待ち受け画面を変えて写真を消しなさい！」

「絶対やだ！」

舟が目にしたのは、黒い猫耳のカチューシャをしている舟の寝顔だった。ばたばたと攻防戦が続いたが、どうあがいても彼からスマホを奪うことができない。

「わかった。消さなくてもいいから待ち受け画面はやめて。会社の人に見られたら羞恥《しゅうち》で死ねる……！」

「了解。待ち受けはリンに変更する。写真は他の誰にも見られないように隠しフォルダに保管する」

「隠しフォルダ？」

「指紋認証しないと開けられない写真アプリ。他人に見られたくない写真を入れてる」

「いかがわしい……」

「いかがわしくないって、九割舟の写真」

「ストーカー！」

「婚約者をストーカー呼ばわりしないで！」

瑛人が半泣きで叫ぶ。舟は楽しくなってきてしまい、声を出して笑った。

その後彼の秘蔵フォルダを見せてもらったが、たしかにほとんどが舟の写真だった。一緒に写っているものから、隠し撮りまで。救いはここ最近の写真ばかりだということだ。これが、入社当初や隣同士になって交流する前の写真だったら少し引いていたかもしれない。

舟はあまり写真を撮る習慣がないので、自分のスマホに瑛人の写真はほとんど入っていない。それでも、時々隠し撮りした写真もある。それを考えると枚数が違うだけであって、考えていること、やっていることはあまり大差ないような気がした。

ただ二人の写真フォルダを圧倒的に占めるのはリンの写真。

「私たち、本当にリンのこと大好きね」

「家族だしなぁ。これから先も楽しみだな」

「先？」

「そ、猫であってもそうでなくても家族が増える可能性は高いだろ？」

「そうだね。とりあえず、次は親たちのうるさい結婚式について考えていきますか」

「だな。とりあえずここに取り寄せた資料があるから、気になるところピックアップしていこう」

「あるの!?」

「あるよ。結婚するって話が出た後、すぐさま取り寄せたから！　人気のところはやっぱり一年前から予約だなぁ。日にちがどこでもいいなら数ヶ月以内にできるかもだけど、準備を考えると一年ぐらいあったほうがいい？」

「私としては、瑛人の隣にいられれば、式はいつでもいい」

「ほんっと可愛い。俺のお嫁さん本当可愛い天使、俺は昇天する。別の意味で」

「別の意味でとかいらないから」

「辛辣《しんらつ》なところも好き」

「馬鹿みたいな発言するところも好き」

鼻を擦《こす》りつけあって、口づけを交わす。

まだまだこれからやることはたくさんあるけれど、二人でいれば楽しい。

そんなふうに思える人と出会えたことに感謝した。

結婚に憧れているものの、真面目すぎて恋ができない舟《しゅう》。ある日彼女は停電中のマンションで、とある男性に助けられる。暗くて顔はわからなかったけれど、トキメキを感じた舟は、男性探しを開始！　ところが彼が見つからないばかりか、隣の住人が大嫌いな同僚・西平《にしひら》だと知ってしまう。しかも西平は、なぜか舟に迫ってきて――!?

B6判　定価：本体640円＋税　ISBN 978-4-434-25550-2

B6判　定価：640円＋税　ISBN 978-4-434-23567-2

〜大人のための恋愛小説レーベル〜

エタニティブックス ETERNITY

エタニティブックス・赤

ETERNITY Rouge

傲慢社長と契約同棲⁉

嘘から始まる溺愛ライフ

有涼 汐

装丁イラスト／朱月とまと

唯一の肉親の祖母を亡くした実羽《みはね》の前に突然、伯父を名乗る人物が現れた。そして「失踪した従妹のフリをして、とある社長と同棲しろ」という。一度は断ったものの、結局ある条件と引き換えに承諾した実羽。同棲を始めてみると、彼は傲慢で俺様。だが不器用な優しさを知って、どんどん惹かれていき――⁉

四六判　定価：本体1200円+税

※エタニティブックスは大人の女性のための恋愛小説レーベルです。ロゴマークの色で性描写の有無を判断することができます（赤・一定以上の性描写あり、ロゼ・性描写あり、白・性描写なし）。

詳しくはアルファポリスにてご確認下さい

http://www.alphapolis.co.jp/

携帯サイトはこちらから！

本書は、2017年6月当社より単行本として刊行されたものを文庫化したものです。


この作品に対する皆様のご意見・ご感想をお待ちしております。

おハガキ・お手紙は以下の宛先にお送りください。

【宛先】

〒150-6005 東京都渋谷区恵比寿4-20-3 恵比寿ｶﾞｰﾃﾞﾝﾌﾟﾚｲｽﾀﾜｰ5F
（株）アルファポリス　書籍感想係

メールフォームでのご意見・ご感想は右のＱＲコードから、
あるいは以下のワードで検索をかけてください。

アルファポリス　書籍の感想　検索

ご感想はこちらから

エタニティ文庫

ラブパニックは隣《となり》から

有涼《うりょう》 汐《せき》

2019年3月15日初版発行

文庫編集－熊澤菜々子・塙綾子
発行者－梶本雄介
発行所－株式会社アルファポリス
〒150-6005 東京都渋谷区恵比寿4-20-3 恵比寿ｶﾞｰﾃﾞﾝﾌﾟﾚｲｽﾀﾜｰ5F
TEL 03-6277-1601（営業） 03-6277-1602（編集）
URL http://www.alphapolis.co.jp/
発売元－株式会社星雲社
〒112-0005 東京都文京区水道1-3-30
TEL 03-3868-3275
装丁イラスト－黒田うらら
装丁デザイン－ansyyqdesign
印刷－中央精版印刷株式会社

価格はカバーに表示されてあります。

落丁乱丁の場合はアルファポリスまでご連絡ください。

送料は小社負担でお取り替えします。


ISBN978-4-434-25710-0 C0193